KB114554

야차전기

夜叉傳記

야차전기 5

임영기 新무협 판타지 소설

초판 1쇄 찍은 날 § 2015년 5월 13일
초판 1쇄 펴낸 날 § 2015년 5월 20일

지은이 § 임영기
펴낸이 § 서경석

편집책임 § 박가연

펴낸곳 § 도서출판 청어람
등록번호 § 제387-1999-000006호
등록일자 § 1999. 5. 31
어람번호 § 제2-2589호

주소 § 경기도 부천시 원미구 부일로 483번길 40 서경B/D 3F (우) 420-822
전화 § 032-656-4452 팩스 § 032-656-4453
http://www.chungeoram.com
E-mail § chungeorambook@daum.net

ISBN 979-11-04-90234-5 04810
ISBN 979-11-04-90130-0 (세트)

목차

제41장

———

야
차
현
신
（
夜
叉
現
身
）

추호도 예상하지 못했던 일이 현실로 드러났다.

혈명단 제남지단주였던 사탄 무애는 혈명십살의 이살(二殺)이 되어 화용군 앞에 나타났다.

혈명단에 끌려갔다던 무애는 어찌 된 일인지 인성이 마비되어 화용군을 알아보지 못했다.

뿐만 아니라 무애는 자신의 심복이었던 반옥정조차도 몰라봤다. 그녀는 단지 하나의 살인병기일 뿐이다.

무애를 비롯한 혈명구살과 감태정이 선두에서 화용군과 반옥정에게 맹공격을 퍼붓고 있는 중이다.

그게 다가 아니다. 근처에 매복하고 있던 혈명단 제남지단 소속의 혈명살수 칠십 명이 합세하여 공격을 퍼부었다.

화용군과 반옥정은 무려 팔십여 명의 살수에게 포위당한 상태에서 치열한 격전을 벌이고 있다.

그러면서도 화용군은 선봉에서 사납게 공격하고 있는 감태정을 죽일 기회를 호시탐탐 노렸다.

감태정은 자신의 눈앞에서 부인과 셋째 아들, 며느리가 졸지에 화용군에게 무참히 살해당하는 광경을 목격했으므로 눈이 뒤집혀서 화용군을 죽이는 것 말고는 아무것도 보이지 않는 상태다.

그는 싸움의 선봉에서 화용군을 죽이려고 눈에 핏발이 곤두선 모습으로 자신의 안위를 돌보지 않고 맹렬하게 공격을 퍼부었다.

화용군도 감태정을 죽이려 하고 감태정도 화용군을 죽이려고 하지만 둘 다 뜻을 이루지 못하고 있다.

이 싸움에는 두 사람만 있는 게 아니라 혈명구살과 칠십여 명의 살수가 한데 엉켜서 드잡이를 벌이고 있기 때문에 두 사람이 정면으로 부딪치는 경우는 극히 드물었다.

그리고 오래지 않아서 화용군과 반옥정을 더욱 절망으로 밀어 넣는 일이 벌어졌다.

남경 쪽 관도를 새카맣게 뒤덮은 고수와 무사들이 해일처

럼 밀려와서 겹겹이 포위망을 형성했으며 그중에서 고강한
자 백여 명이 직접 싸움에 뛰어들었다.

그들은 남천문의 고수와 무사이며 그 수는 오백여 명에 달
했다.

그리고 싸움에 뛰어든 백여 명은 백의와 황의를 입은 남천
문 최고수 백의고수, 황의고수들이다.

화용군이 습격할 것이라는 정보를 개방 제남분타주 흑비
개로부터 입수한 백학무숙은 그 사실을 각각 혈명단 제남지
단, 남천문, 그리고 감태정에게 알렸었다.

이후 상대적으로 가깝고 또 빠른 기동력을 자랑하는 혈명
단 제남지단에서 먼저 감태정에게 도착하여 매복한 상태에서
천천히 북상했었다.

그리고 전서구를 받자마자 출동한 남천고수들이 이제야
도착을 한 것이다.

화용군은 더 이상 감태정을 죽여야겠다고 고집을 부릴 수
없는 상황에 처했다.

감태정 쪽에서 한 가지 큰 실수를 했다면, 일단 감태정과
셋째 아들 내외, 그리고 혈명십살의 육살에서 십살까지 다섯
명 정도라면 충분히 화용군과 반옥정을 제압할 수 있을 것이
라고 오산했다는 점이다.

그런 잘못된 계산 때문에 감태정은 졸지에 부인과 셋째 아

들 내외를 잃었다.

처음부터 매복하고 있던 전체 살수가 대거 공격을 했더라면 그런 일은 벌어지지 않았을 것이다.

화용군 쪽에서의 실수라면, 감태정 일행 외에는 조력자가 없을 것이라고 믿었다는 점.

감태정을 죽일 수 있었던 몇 번의 기회를 아슬아슬하게 놓쳤다는 것.

그리고 후퇴해야 할 때를 놓친 탓에 일생일대의 위기에 처했다는 사실이다.

그래도 한 가지 불행 중 다행이라면, 화용군과 반옥정이 떨어져 있지 않고 포위망 한복판에 서로 등진 자세로 싸우고 있다는 사실이다.

쐐애액! 쌔액! 쉬쉬이익!

사방에서 소름 끼치는 파공음이 흐르면서 화용군과 반옥정에게 수십 자루 검이 소나기처럼 쏟아지고 있다.

화용군은 왼손으로는 검을 휘둘러 적들의 공격을 막는 한편으로 오른손의 야차도로는 번개같이 적들을 마구잡이로 찔렀다.

콰차차차창—

스퍼퍼퍽!

"크억!"

"흐악!"

공격해 오던 살수 두 명이 야차도에 찔려서 피를 뿌리며 뒤로 퉁겨졌다. 한 명은 왼쪽 가슴을 다른 한 명은 목을 깊숙이 찔렸다.

화용군은 될 수 있는 한 급소를 찌르려고 하지만 꼭 그렇게 하려고 고집을 부리지는 않았다.

지금 같은 상황에서는 적을 죽이는 것보다는 무력하게 만드는 것이 효과적이기 때문이다.

어떻게 해서든지 한 명이라도 더 많이 쓰러뜨리는 것이 최선이다.

더디기는 하지만 그는 다섯 호흡에 두세 명의 적을 반드시 거꾸러뜨렸다.

공력이 고갈되지 않는다면, 그리고 반옥정이 버텨준다면 최후의 승자는 그가 될 것이다.

그러나 승자가 되기 전에 반옥정이 무슨 일을 당할 것이고 그다음에는 공력이 고갈될 것이라는 사실을 그는 예견하고 있다.

카차차창—

그의 뒤쪽에서는 연신 검끼리 부딪치는 소리가 요란하게 터져 나왔다.

반옥정이 살수들과 남천고수들의 쏟아지는 맹공격을 검으

로 쳐내고 있는 소리다.

화용군으로서는 그녀를 돌아볼 겨를조차 없으므로 도와줄 형편이 못 된다.

그렇지만 그는 전방은 물론이고 좌우까지 최대한 넓게 적들을 상대하려고 애썼다. 그래야지만 반옥정이 상대하는 적이 적어지기 때문이다.

전격적으로 싸움이 시작된 이후 화용군은 지금까지 이십여 명의 적을 죽인 것 같다.

왼손의 검으로는 적들의 공격을 막고 순전히 오른손의 야차도로만 적들을 찔러 죽였다.

아주 가끔 야차도로 적을 베기도 했다. 야차도의 중간 부분은 양쪽이 뭉툭해서 그걸로 적을 베면 쇠뭉치에 맞은 정도의 충격이다.

하지만 야차도 도첨 양쪽 부분은 손가락 두 마디 길이로 예리해서 그곳으로 적을 벨 수 있다.

적들하고 웬만큼 거리가 떨어져 있으면 야차도를 날려서 더 많은 적을 죽일 수 있지만, 지금처럼 기껏해야 두세 걸음 거리에서는 야차도를 날리는 것이 어렵다.

분노와 살기가 머리 꼭대기까지 차오른 그는 아예 이곳에서 적들을 모조리 죽여 버리는 방법을 생각하기도 했다. 끝장을 보려는 것이다.

그러나 그 혼자면 모르겠는데 반옥정의 안위를 생각해야 하므로 그건 무리다. 그녀에게 무슨 일이 생기면 또 다른 빚을 지게 된다.

패액!

그때 바로 정면에서 무애가 저돌적으로 검을 휘두르며 공격해 왔다.

'무애야…….'

화용군은 무애의 무표정한 얼굴을 대하는 순간 착잡함을 금할 수가 없었다.

그녀는 화용군의 상체를 노리고 다른 살수들에 섞여서 맹렬하게 공격하고 있는데 그와 눈이 마주쳤지만 표정의 변화가 전혀 없다.

그것만 봐도 그녀의 정신이 온전한 상태가 아니라는 사실을 알 수 있다.

필경 혈명단에서 그녀의 이성을 마비시키는 무슨 수작을 부린 게 틀림없다.

화용군은 일단 그녀를 혼절시켜서 무리에서 벗어나게 해야겠다고 마음먹었다.

적들 속에 그녀가 섞여서 공격을 해오면 마음 놓고 반격을 가할 수 없다.

카차차창—

"우웃!"

"흐엇!"

그가 왼손의 검에 공력을 주입하여 힘차게 떨치자 공격해 오던 세 명이 반탄력에 신음을 터뜨리며 와르르 물러나는데 무애만 계속 공격해 왔다. 그가 무애만 남기고 세 명을 물리친 것이다.

척!

그 순간 그는 무애의 공격을 피하는 것과 동시에 야차도를 쥐고 있는 오른손을 재빨리 뻗어서 그녀의 어깨를 붙잡아 확 끌어당겼다.

그러고는 그녀의 마혈을 번개같이 제압해서 포위망 밖으로 힘껏 집어 던졌다.

횏—

찰나지간에 이루어진 행동이지만 그사이 양쪽 측면에서 가해지고 있는 적 네 명의 공격에 그의 온몸이 그대로 노출되고 말았다.

오른손으로 무애를 집어 던지는 동작이 미처 마무리되지 않은 상황에서 순간적으로 그의 머리가 재빨리 회전했다.

양쪽에서 찔러오는 검 두 자루에 그어오는 검 두 자루다. 찔러오는 검은 피해도 반옥정에게 피해가 가지 않는다.

베어오는 검은 그가 피할 경우에 하나만 반옥정에게 피해가 미칠 것이다.

쩌쩡!

찔러오는 두 자루 검과 베어오는 검 두 자루 중에 하나를 동시에 피하고 막으면서 반옥정 쪽으로 그어지는 검은 어쩔 수 없이 왼쪽 어깨로 막았다.

아니, 그 검이 왼쪽 어깨를 한 뼘쯤 베도록 했다. 최대한 피해가 적도록 한 것이다.

그와 동시에 그의 야차도가 그 검을 쥔 남천고수의 콧등을 찔러 버렸다.

푹!

"크악!"

그는 방금 베인 왼쪽 어깨에서 피가 주르르 흐르자 살심이 크게 솟구쳐서 순간적으로 공력을 끌어 올려 거칠게 양손의 검과 야차도를 휘둘렀다.

차차차창— 퍼퍼퍽—

"끄악!"

"크액!"

왼손의 검으로 적들을 물리치는 동시에 오른손의 야차도가 빈틈을 노리고 적 두 명을 한순간에 찔러 버렸다.

적들의 한쪽이 무너지자 화용군은 그쪽으로 나아가면서 맹렬히 공격을 퍼부었다.

반옥정은 화용군과 몸의 뒷부분을 맞대고 있다. 서로 등지고 있는 것이 아니라 수시로 등과 둔부가 맞닿았다가 떨어지기를 거듭하고 있다.

그렇기 때문에 그가 이동을 하면 어느 방향으로 움직이는지 즉시 알게 되어 뒷걸음질 치면서 그가 가는 방향으로 함께 이동했다.

'안 되겠다.'

화용군은 지금 이런 상황을 오래 지속할 수 없으므로 빨리 결정을 내릴 수밖에 없다고 판단했다.

지금 상황에서 감태정을 죽인다는 것은 무리다. 일단 여길 빠져나간 다음에 후일을 도모하는 것이 지금으로썬 최상의 방법이다.

[옥정아, 내가 신호하면 허공으로 솟구쳐라.]

화용군은 반옥정에게 전음을 보내놓고 재빨리 주위를 살피면서 어느 방향으로 도주해야 할지 궁리했다.

겹겹의 포위망 때문에 주위가 보이지 않지만 오른쪽 이십여 장 거리에서 물 흐르는 소리가 들리는 것으로 미루어 강이라고 판단하여 그 방향으로 도주해야겠다고 마음먹었다.

그는 양손을 다 사용해서 싸우고 있으므로 손으로 반옥정을 붙잡아서 같이 솟구칠 수 없는 상황이다.

또한 그녀를 붙잡고 솟구칠 경우에는 적들의 공격을 방어

하지 못하게 되고 더구나 높이 솟구치지 못할 것이다. 일단 높이 솟구친 후에 반옥정을 붙잡으면 될 것이다.

쾅차차차창—

[지금이다!]

그는 양손을 이용하여 적들을 한 차례 거세게 물리치면서 전음을 보냈다.

휘익—

순간 두 사람은 동시에 허공으로 치솟았다. 반옥정은 오른손으로 검을 휘두르면서 왼손을 뒤로 뻗어 화용군의 상의 옷자락을 살짝 붙잡고 있으므로 그가 어느 방향으로 솟구치는지 쉽게 알 수 있다.

탁—

우연의 일치인지 두 사람은 솟구치면서 적의 머리를 똑같이 발로 밟고 힘껏 박차면서 더 높이 솟구쳐 한쪽으로 방향을 꺾어 쏜살같이 날아갔다. 두 사람이 날아가고 있는 방향은 강쪽이다.

강을 건너기만 하면 시간을 벌 수 있을 터이다. 강폭은 삼십 장쯤 되는데 화용군이라고 해도 한 번에 건널 수는 없지만 방법이 있다.

쉬이이—

지상에서 오륙 장 높이에서 강둑 아래를 향해 나란히 날아가는 두 사람 아래에서 수백 명의 적이 새카맣게 추격하고 있는 광경이 보였다. 하지만 그들은 두 사람보다 몇 걸음 느리다.

강가 쪽 아래로 하강하면서 화용군은 생각을 바꿨다. 반옥정을 강 건너로 던져서 날려 보내고 자신 혼자 이곳에 남아 싸우려는 것이다.

감태정을 죽이지 않고는 도저히 이대로 떠날 수가 없다. 더구나 정신이 제압된 무애도 있잖은가.

그는 반옥정의 팔을 잡은 오른팔에 공력을 가득 주입했다가 몸이 아래로 급격하게 하강하려고 할 때 그녀를 강 건너를 향해 힘껏 던졌다.

쉬이—

"앗!"

무서운 속도로 강 건너를 향해 날아가는 반옥정은 자기 혼자 날아가고 있다는 사실에 움찔 놀랐다.

[옥정아, 양길촌 무량원에 가 있어라.]

화용군의 전음이 들리자 그녀는 속았다는 생각에 급히 뒤돌아보았다.

[너를 신경 쓰느라 적들을 마음대로 죽일 수가 없다.]

반옥정은 강 건너 땅에 내려서서 화용군을 쳐다보았다.

화용군은 강 건너 가파른 언덕 아래로 쏟아져 내려오고 있는 적들 한복판을 치고 오르면서 싸우기 시작했다.

무애와 반옥정이 없는 상황에서는 거칠 것이 없으니 닥치는 대로 죽이면 된다.

조금 전까지만 해도 왼손의 검으로는 방어를 하고 오른손의 야차도로 적들을 찔러 죽였으나 이제부터는 양손의 검과 야차도로 마구잡이 죽이면서 비탈을 올라갔다.

파파아아— 퍼퍼퍽!

한 차례 양손을 움직이면 어김없이 서너 명이 피를 뿌리면서 퉁겨지거나 거꾸러졌다.

두 명이 일대일로 겨루는 것이 아니라 이렇게 많은 무리가 좁은 공간에서 드잡이를 벌이는 상황에서는 실력을 제대로 발휘할 수가 없다.

이럴 때는 무기를 짧게 잡아야 하고 눈이 빠르며 행동이 민첩한 사람이 무조건 유리하다.

특히 순간적으로 뛰어난 판단력이 발휘돼야 끝까지 살아남을 수가 있다.

지금 자신에게 가해지고 있는 공격을 어떻게 피할 것인지 생각하면 이미 늦다.

생각보다 몸이 먼저 반응해야만 한다. 그렇다고 생각이 없는 행동은 죽음으로 이르는 지름길이다.

보고 생각하고 판단하며 행동하는 것이 거의 동시에 이루어져야 하는 것이다.

치열한 접근전을 전개하면서 화용군은 빠르게 진화하고 있는 중이다.

검은 길고 야차도는 짧다. 그래서 검으로 반 장 이내의 적들에게 휘두르면 한 번에 두세 명을 벨 수 있고, 야차도는 짧으니까 검으로 놓친 적을 찌르면 효율적이라는 사실을 터득했다.

그는 두뇌만 탁월한 것이 아니라 체격도 남들보다 훨씬 우월하고 공력이라면 이 많은 적들 중에서 그를 능가할 자가 한 명도 없을 터이다.

그도 인간이기에 언젠가는 공력이 고갈될 테니 그전에 적들을 모조리 쓰러뜨려야만 한다.

그리고 그는 그럴 자신이 넘쳤다. 그의 공력은 아직 팔 할이나 남아 있다.

반옥정은 강 건너 비탈에서 치열하게 싸우고 있는 화용군에게서 시선을 떼지 못한 채 미간을 잔뜩 찡그렸다.

그가 한 말이 옳다.

'너를 신경 쓰느라 적들을 마음대로 죽일 수가 없다.'

그녀가 화용군하고 같이 싸우면 그는 그녀를 보호해야 하기 때문에 제 실력을 십분 발휘하지 못한다.

그렇다고 해서 반옥정은 저 많은 적들 속에서 제 한 몸 지킬 만한 실력이 못 된다.

그녀의 실력이 과거 이 년 전보다 두 배 가까이 증진한 것은 사실이다.

그래도 수백 명을 상대로 싸우다 보면 아마도 이삼십 명 죽이는 게 고작일 것이고 그다음에는 화용군의 짐이 되고 말 터이다.

"음……."

그녀의 입에서 부지중에 흐릿한 신음이 흘러나왔다. 왼쪽 옆구리가 끊어지는 것 같아서 굽어봤더니 피가 많이 흐르고 있다.

상의를 들추고 자세히 살펴보니까 검에 깊이 베인 상처에서 피가 제법 많이 흐르고 창자인 듯 꾸물꾸물한 물체가 언뜻 보였다.

"우라질……."

손으로 옆구리를 틀어막는데 욕이 저절로 나왔다. 이런 상황에 어찌 화용군을 도울 수 있다는 말인가.

더구나 상처는 왼쪽 옆구리만이 아니다. 여기저기 뜨끔거리고 아픈 곳이 대충 잡아도 대여섯 군데는 된다.

그녀가 옆구리를 움켜잡고 강 건너를 보니까 아무도 보이지 않았다.

높다란 강둑 너머에서 요란한 소리가 나는 걸로 봐서 강둑 너머 평지에서 싸우는 것 같았다.

"이대로 계속 싸울 거요?"

화용군이 백 명쯤 죽이고 있을 때 격전장에서 빠져나온 네 사람이 숨을 헐떡이면서 대화를 나누었다.

방금 말한 혈명단 제남지단주가 혈명십살의 일살과 감태정, 남천문 백호전주를 둘러보면서 물었다.

그러나 그건 묻는 게 아니라 이런 식으로 싸우다가는 다 죽을 것 같으니까 다른 방법을 사용하자는 제안이라고 해야 옳다. 그리고 다들 제대로 알아들었다.

"좋은 방법이 있소?"

혈명단과 백학무숙, 남천문은 다들 한통속이다. 이들은 서로에 대해서 잘 모르지만 질긴 끈이 자신들을 연결하고 있다는 사실을 알고 있다.

남천문에서 파견한 오백여 명 남천고수를 이끌고 있는 백호전주의 물음에 제남지단주가 뺨을 씰룩거렸다.

"내가 묻고 싶은 말이오."

네 사람은 어떻게 해야지만 지금의 난국을 타개할 수 있을

지 잠시 입을 다물고 생각에 잠겼다. 제일 먼저 말문을 연 사람은 감태정이다.

"방패와 창의 전략을 씁시다."

"그게 뭐요?"

"남천문은 최고수가 몇 명이오?"

백호전주는 주위를 둘러보고 나서 대답했다.

"이십오 명쯤 남았소."

제남지단주가 혈명일살을 한 번 보고 나서 대답했다.

"우린 십오 명 정도요."

감태정은 고개를 끄떡였다.

"그 사십 명에 우리까지 합해서 최고수들을 창이라고 칩시다. 이제부터 우린 앞쪽에 다른 고수나 무사를 서너 명씩 앞세우고 공격하는 거요."

백호전주가 눈살을 찌푸렸다.

"그들을 방패 삼아 우리가 그들 뒤에 숨어서 저놈을 공격하자는 거요?"

"그렇소."

"그런 짓을 어떻게 하오?"

감태정은 원한이 이글거리는 눈으로 백호전주를 쏘아보며 단호하게 말했다.

"그렇게 하지 않으면 놈을 죽일 수 없소."

감태정은 백호전주를 꾸짖었다.

"설마 남천왕께선 둘째 아드님 승명왕자님의 복수를 원하지 않으시는 게요?"

"그럴 리가……."

백호전주는 찔끔해서 한발 물러섰다.

화용군은 멈칫했다. 조금 전부터 적들의 공격 형태가 달라졌기 때문이다.

그렇지만 적들이 어떤 식으로 공격하고 있는지 두어 번 부딪쳐 보고는 곧 알아냈다.

방패와 창 같은 병법의 용어는 모르지만 이, 삼류의 고수와 무사들을 앞세워서 화용군을 공격하게 하고, 일류고수들은 그들 뒤에 숨어서 기회가 생길 때마다 맹렬하게 공격을 퍼붓고 있다.

화용군은 어떻게 대처해야 좋을지 갈피를 잡지 못해서 한동안 눈에 띄게 열세에 처했다.

사방 제일선의 적들이 이, 삼류라고 해서 그들이 날 죽여라 하고 가만히 있는 게 아니다.

자기들이 방패 신세라는 걸 알기라도 하듯 지랄발광을 하면서 오히려 더 날뛰었다.

그래서 화용군이 그놈들을 상대하는 데 정신을 쏟고 있노라면 어느 틈에 제이선의 최고수들이 허점을 기가 막히게 발견하고 그곳으로 공격을 퍼부었다.

그로 인해서 화용군은 가벼운 상처를 세 군데 입었으며 열호흡이 지나는 동안 방패 역할을 하는 고수를 두 명밖에 죽이지 못했다.

그렇다고 해도 방패와 창이라는 새로운 전술이 먹히는 건 거기까지뿐이다. 화용군이 그것을 파훼하는 돌파구를 찾아낸 것이다.

돌파구는 의외로 간단했다. 그가 한쪽 방향을 정해서 그곳으로 돌진하며 맹공을 퍼부었더니 방패와 창이 한꺼번에 와해돼 버렸다.

둑이 제아무리 튼튼해도 거센 물살 앞에서는 뚫어질 수밖에 없는 이치다.

파아아—

누구 것인지 모를 잘라진 목과 몸통, 팔다리가 한데 뒤섞여서 허공으로 어지럽게 마구 치솟았다가 후드득 땅에 떨어지고 있을 때 화용군은 어느새 반대쪽의 방패와 창을 무너뜨리고 있었다.

감태정이 궁리해 낸 방패와 창 전략이 별로 오래 버티지 못하고 무너지자 그 여파는 생각보다 훨씬 컸다.

오히려 그 전략이 무너지고 난 다음에 살수들과 남천고수들은 그야말로 태풍 앞에 지푸라기처럼 맥없이 스러져 갔다.

"이놈들!"

화용군은 쩌렁하게 호통을 치면서 적들의 한복판을 똑바로 치고 나갔다.

스파아아— 퍼퍼퍼퍽!

"허윽!"

"크아악!"

한 번 기세가 꺾여 버린 적들은 화용군이 지나는 곳마다 몸과 사지가 절단되어 피를 뿌렸다.

그의 앞에서는 최고수고 이, 삼류 고수, 무사들이라는 게 별 의미가 없다.

단칼에 죽어 자빠지는 자는 삼류무사고, 도망치다가 죽는 것은 이류, 그나마 조금이라도 반항하다가 뒈지는 놈이 최고수라는 자들이다.

"크흐흐… 모조리 죽여주마……."

반백의 긴 머리카락은 풀어헤쳐져서 숫사자의 갈기털처럼 제멋대로 휘날리고, 살기로 붉게 충혈된 두 눈에서는 섬뜩한 푸른 안광이 뿜어졌다.

그것은 그가 극도로 분노하거나 원한에 사무칠 때 표출되는 모습이다.

적들은 그의 걸출한 실력에 이미 억압된 상황인데 거기다 그의 악귀 같은 모습을 보고는 질려서 손발이 흐트러져 공격다운 공격조차 제대로 하지 못했다.

키아앙— 슈우웅—

그의 양손에서 검과 야차도가 제각기 독특한 소리를 내며 허공을 갈랐다.

콰차차창—

"흐아악!"

"크애액!"

반격하는 적들의 검이 수수깡처럼 부러지며 목과 몸뚱이를 통째로 잘랐다.

남천고수들이 뒷걸음질 치면서 시선을 화용군에게 고정한 채 중얼거렸다.

"으으… 저자 갈수록 고강해지고 있잖은가……."

"이건 말도 안 된다. 아까보다 훨씬 더 고강하다……."

적들의 중얼거림은 화용군의 귀에도 똑똑하게 들렸다. 그렇지 않아도 그 역시 적들이 지금까지보다 더욱 형편없이 나가떨어지고 있다는 사실을 느끼면서 이상하다고 생각하는 중이었다.

하지만 상식적으로 생각을 해봐도 벌써 한 시진 가까이 싸우고 있는데 공력이 허비됐으면 허비됐지 더 고강해질 리가 없다.

'무언가? 대체 뭐가 날 점점 더 강하게 만드는 거지?'

적들을 향해 쏘아가면서 맹렬하게 검과 야차도를 휘두르고 있는 그의 뇌리를 스치는 게 있다.

'분노… 인가?'

달라진 게 있다면 아까보다 훨씬 더 분노하고 있다는 사실 하나뿐이다.

그리고 묘하게도 가슴속에서 끓어오르는 분노와 단전에서 치미는 공력이 서로 상통하는 듯한 교감을 생생하게 느낄 수가 있다.

후오오—

그런데 그뿐이 아니다. 빠른 속도로 움직이고 있는 그의 뒤에는 은은한 빛을 흩뿌리는 괴이한 영상이 마치 그림자처럼 따라다녔다.

바로 그때 적들 중에 누군가 화용군을 보면서 경악하는 표정으로 외쳤다.

"맙소사! 금강야차명왕이다!"

그자는 남천문 황의고수 중 한 명이며 쏘아오고 있는 화용군의 정면에서 그와 마주 보고 서 있었다.

그런데 그가 외치는 순간 화용군 뒤에 그림자처럼 따르던 희뿌연 영상이 그의 몸하고 겹쳐졌다.

그러고는 화용군은 사라지고 금강야차명왕이 황의고수를

향해 쇄도하고 있었다.

온몸에서 화염을 뿜어내는 괴물 같기도 하고 천신 같기도
한 모습이다.

얼굴이 세 개 삼면인데 동시에 정면과 좌우를 보고 있으며,
팔은 여섯 개 육비이며, 각 팔에는 활(弓), 화살(箭), 검(劍), 법
륜(法輪), 금강저(金剛杵), 오고령(五鈷鈴), 오고저(五鈷杵)를 쥐
고 있다. 또한 얼굴이 검고 푸르스름하면서 눈을 희번덕이고
있다.

"으으으……."

황의고수는 그 자리에서 꼼짝도 하지 못하고 몸을 벌벌 떨
다가 화용군, 아니, 금강야차명왕, 즉 야차가 스쳐 지나가자
목이 툭 잘라져서 허공으로 둥실 떠올랐다.

화용군이 사라졌다. 그 대신 핏빛 광채를 발산하는 야차가
장내를 휘저으며 돌아다녔다.

뿐만 아니라 주변이 온통 암흑 천지로 돌변했다. 분명히 조
금 전까지는 대낮이었건만 지금은 앞에 있는 사물조차 보이
지 않을 만큼 칠흑처럼 캄캄했다.

그런 속에서 핏빛 혈광(血光)을 발산하는 야차가 한 줄기
바람처럼 종횡무진 누비면서 살수들과 남천고수들을 닥치는
대로 무차별 도륙했다.

"물러서지 마라!"

백호전주가 우렁차게 호통을 치면서 흩어진 남천고수들을 이끌었다.

"대열을 정비하라!"

현재 남천고수와 무사는 삼백여 명이 살아남았다.

예전에 화용군이 항주 대로상에서 죽인 마궁평의 뒤를 이은 백호전주는 남천고수와 무사들이 사분오열되지 않고 똘똘 뭉쳐서 합공을 하면 능히 화용군을 죽일 수 있을 것이라고 확신했다.

백호전주는 최고수인 백의고수들이 황의고수 이하 남천고수, 무사들을 여러 개의 조로 나누어 일사불란하게 인솔하고 있는 것을 보고는 제남지단주에게 전음을 보냈다.

[우리가 먼저 공격할 테니 그쪽도 전열을 정비하여 놈의 배후를 공격하시오!]

[알았소.]

화용군을 피해서 도망 다니던 제남지단주는 백호전주를 힐끗 보며 고개를 끄떡였다.

제42장

원한의 바다

화용군은 산지사방으로 뿔뿔이 흩어지는 혈명단 살수들을
쫓으면서 닥치는 대로 주살했다.

살수들은 네 개의 무리로 나뉘어 있으며, 도망치는 자들을
바짝 뒤쫓으며 주살하고 있는 화용군을 세 개 무리의 살수들
이 세 방향에서 공격하고 있다.

그러나 화용군이 워낙 빨라서 그의 그림자조차 잡지 못하
고 있는 형편이다.

더구나 그는 한 무리의 살수들을 맹추격하다가 느닷없이
방향을 꺾어서 자신을 뒤쫓는 세 개의 무리 중에 하나를 덮쳐

가곤 했다.

그러면 나머지 세 개의 살수 무리가 다시 화용군을 쫓는 과정이 이미 몇 차례 반복되고 있는 중이다.

"소거(消去)!"

그때 갑자기 제남지단주가 짧게 외쳤다.

스사아아……

다음 순간 살수들이 마치 강풍에 휩쓸려 날아가는 가랑잎처럼 사방으로 흩어지는가 싶더니 순식간에 자취를 감추어 버렸다.

화용군은 자신이 쫓고 있던 한 명의 살수가 일 장 앞에서 허공으로 불쑥 솟구치면서 모습이 흐려지는 것을 보고는 야차도를 발출했다.

슈웅—

팍!

"캑!"

모든 살수는 제남지단주의 '소거'라는 명령을 받고 즉시 은둔술을 발휘하여 사라졌으며, 화용군이 쫓고 있는 살수도 마찬가지다.

그렇다면 상식적으로 살수의 모습이 어느 누구의 눈에도 보이지 않아야 하는데 화용군이 쫓던 살수는 야차도에 관자놀이가 꿰뚫렸다.

츄웃—

화용군은 천심강사를 슬쩍 당겨서 살수의 관자놀이에 박힌 야차도를 뽑는가 싶더니 손목을 슬쩍 꺾어서 다른 방향으로 쏘아 보냈다.

쓩—

이제 살수들은 한 명도 보이지 않았다. 대낮이지만 수십 장이내를 캄캄하게 만든 암흑 속에 다들 꼭꼭 숨어서 일체의 기척을 감추고 있다.

픽!

"큭!"

그러나 야차도는 한쪽 방향으로 칠팔 장쯤 번갯불처럼 쏘아가서 나뭇가지 위에 모습을 감추고 있는 살수 한 명의 목한복판을 정확하게 관통했다.

츄웃—

그자의 목에서 야차도가 다시 뽑히고 화용군은 재차 야차도의 방향을 전환하려다가 넘칫했다.

그는 신청을 우뚝 멈추고 눈에서 푸르스름한 안광을 발산하며 한쪽 방향을 쏘아보았다.

오 장쯤 떨어진 곳에 무애가 서 있는데 감태정이 뒤에서 왼팔로 그녀의 허리를 안고 있었다.

감태정은 감히 정면으로 쳐다보는 것조차 소름 끼치는 야차 모습의 화용군을 주시하며 마른침을 꿀꺽 삼키고 나서 입을 열었다.

"이 계집이 누군지 알겠지?"

화용군이 느끼고 있는 분노만큼 그에 대한 원한이 깊은 감태정은 왼손으로 무애의 머리카락을 움켜잡고 화용군이 잘 볼 수 있도록 똑바로 세웠다.

슥—

정신이 제압된 무애는 초점 없는 눈으로 허공을 보며 감태정이 하는 대로 가만히 있을 뿐이다.

감태정은 화용군과 무애의 관계에 대해서는 잘 모르고 있지만 두 사람이 끊을 수 없는 관계라고 짐작했다.

일전에 무애는 자신의 개인 장원에서 중상을 입은 화용군을 치료하다가 발각됐었다.

당시에 반옥정이 화용군을 업고 도주할 수 있도록 무애와 야조가 감태정을 비롯한 백학무숙의 고수, 무사들과 싸우다가 끝내 제압됐었다.

무애가 자신의 목숨을 초개처럼 여기면서 화용군을 구하려고 했다는 사실 하나만 봐도 두 사람의 관계를 짐작할 수가 있다.

"감태정 이놈……."

화용군은 천천히 다가가면서 두 눈에서 더욱 짙은 살기를 뿜어냈다.

뿐만 아니라 온몸에서 핏빛의 화염이 더욱 강렬하게 이글거리는 것을 보고 감태정은 자신도 모르게 주춤 한 걸음 뒤로 물러서며 외쳤다.

"멈추지 않으면 이 계집의 목을 자르겠다!"

화용군은 뚝 걸음을 멈췄다. 분노가 극에 달해서 금강야차명왕의 모습으로 변해 버렸으나 정신까지 어떻게 돼버린 것은 아니다.

무애가 다칠까 봐 아까 그녀의 마혈을 제압해서 포위망 밖으로 던졌었는데 그것 때문에 아직도 움직이지 못하고 있는 상태다.

그리고 그것 때문에 지금 저 상황이 돼버렸다. 결국 화용군의 행동이 그녀를 벼랑 끝으로 내몰았다.

"무기를 버려라."

감태정이 오 장 앞의 화용군을 쏘아보며 명령했다.

슥—

화용군이 가만히 있으니까 감태정은 오른손의 검을 무애의 목에 갖다 댔다.

"두 번 말하지 않겠다. 무기를 버려라."

쩽—

화용군은 양손의 야차도와 검을 버리며 말했다.

"그녀를 놔줘라."

"그건 내가 결정한다. 뒤로 물러나라."

화용군은 뒤로 세 걸음 물러났다. 한 걸음 물러날 때마다 금강야차명왕의 모습이 흐려지더니 세 걸음에 멈추었을 때는 본래의 제 모습으로 돌아와 있었다. 반백의 긴 머리카락이 미풍에 일렁거렸다.

그는 뒤쪽에서 적들이 접근하는 기척을 감지했으나 뒤돌아보지 않았다. 지금은 무애가 중요하다. 그녀부터 구해야 마음이 놓일 터이다.

감태정은 무애를 미끼로 협박을 해서 어느 정도까지 먹힐지 궁리했다.

화용군더러 스스로 자결하라는 것은 무리일 것이다. 그렇다면 죽음으로 가는 전 단계가 적당하다.

"무릎 꿇어라."

화용군은 꼼짝도 하지 않고 뻣뻣하게 서 있었다.

"어서 꿇어라!"

감태정이 버럭 외치면서 검을 슬쩍 긋자 무애의 새하얀 목에서 주르르 피가 흘렀다.

쿵!

화용군은 그 자리에 무릎을 꿇었다. 더 버티다가는 감태정이 무애의 목을 자를 것 같았다. 잔인무도하고 교활한 놈이니까 그러고도 남을 터이다.

그즈음 최고수라고 자신하는 자 사십여 명이 화용군의 배후로 부챗살처럼 펼쳐서 이 장까지 접근하고 있는 중이다.

감태정은 그 광경을 보고 조금만 더 화용군을 무방비 상태로 붙잡고 있으면 그들이 한꺼번에 공격하여 죽일 수 있을 것이라고 믿었다.

"고개를 숙여라."

슥—

감태정의 명령에 화용군은 순순히 고개를 숙였다. 조금이라도 버텼다가는 감태정이 무애의 목에 더 깊은 상처를 낼 것 같아서다.

쇄아…….

배후 삼 장 반까지 접근했던 적들이 일제히 공격을 개시하는 소리가 미풍 소리처럼 들렸다.

화용군은 자신이 고개를 숙이고 배후에서 적들이 공격을 하는 순간 감태정이 안심하여 무애의 목에 대고 있던 검을 내릴 것이리고 기대했다.

그럴 확률이 반이고 그러지 않을 확률이 반이지만 그는 전자일 것이라고 확신했다.

사람이 긴장을 하면 정신이 명령하기도 전에 몸이 반응을 하는데 화용군은 거기에 착안했다.

쏴아아—

접근하는 자들이 더 가까워졌다. 최소한 삼십 명이 이 장까지 쇄도하고 있다.

화용군은 번쩍 고개를 들면서 전방의 감태정을, 아니, 그의 오른손을 쏘아보았다.

다행이다. 그가 예상한 대로 감태정은 무애의 목에 대고 있던 오른손의 검을 아래로 늘어뜨리고 있었다.

화용군이 고개를 번쩍 들자 감태정은 흠칫했다.

"너……."

그 순간 화용군은 오른팔을 앞으로 뻗는 것과 동시에 손목을 가볍게 번개같이 떨쳤다.

성—

최대한 짧게 잡고 있던 천심강사 끝의 땅에 놓여 있는 야차도가 감태정을 향해 번갯불처럼 번쩍 쏘아갔다.

"헛?"

감태정은 움찔 놀라면서 다급히 오른손의 검을 쳐들었다. 무애를 베려는 것이 아니라 자신을 향해 쏘아오는 야차도—실은 그게 야차도인 줄도 몰랐다—를 막으려는 반사적인 행동이었다.

팍!

"왁!"

그러나 그가 검을 들어 올리기도 전에 왼쪽 눈이 화끈하게 뜨거웠다.

"크으으……."

감태정이 무애 뒤에 서 있어서 몸이 가려졌기 때문에 화용 군으로서는 그의 왼쪽 눈을 맞추는 것이 최선이었다.

감태정은 비틀거리면서 뒤로 물러나며 발버둥을 치듯이 맹목적으로 무애의 목을 향해 검을 휘둘렀다.

파아—

"악!"

검첨이 무애의 뒷목을 스치자 그녀는 상체가 휘청 뒤로 급 격하게 젖혀졌다가 쓰러질 듯이 비틀거리면서 몇 걸음 앞으 로 걸어갔다.

"무애야!"

휘익!

배후의 적들이 거의 몸 가까이에 이르렀을 때 화용군은 벼 락같이 외치며 무애를 향해 쏘아갔다.

척!

그는 쏘아가면서 앞으로 쓰러지는 무애를 안았다.

뒷목이 절반이나 깊숙이 잘라진 무애의 상처에서 콸콸 피 가 쏟아졌다.

"무애야……."

화용군은 심장을 짓이기는 듯한 표정으로 그녀를 굽어보며 안타깝게 불렀다.

반쯤 감긴 무애의 눈에 눈물이 고여 들었다.

"여보……."

뒷목이 베이는 순간 혈명단에서 제압했던 그녀의 정신이 되살아났다.

단 한 번 몸을 섞었고, 그를 위해서 목숨조차 아깝지 않게 내던졌던 그녀는 이제 죽어가면서 폐부 깊숙한 곳에 꼭꼭 감추어두었던 호칭을 꺼내어 불러보았다.

쐐애액!

그때 배후로 접근하고 있던 삼십여 명의 적이 일제히 공격을 개시했다.

"여보……."

무애가 다 꺼져가는 목소리로 다시 한 번 그를 불렀다.

"그래. 나 여기 있다."

화용군은 왼팔로 무애를 꼭 안았다. 하지만 앉은 상태에서 고스란히 죽을 수는 없는 노릇이라서 오른팔을 홱 잡아당겨서 감태정의 왼쪽 눈에서 야차도를 뽑으며 한 차례 크게 휘둘렀다.

슈우웅—

야차도가 화용군을 중심으로 큰 원을 그었다.

파아아—

"허윽!"

"으악!"

그 원 안에 들어와 있던 적들의 몸통이 천심강사에 마구잡이로 잘라졌다.

그러나 살아남은 자들이 허공으로 솟구쳤다가 화용군을 향해 내리꽂히며 공격을 퍼부었다.

화용군은 왼팔로 무애를 안은 채 한 바퀴 땅바닥을 구르면서 재차 야차도를 휘둘렀다.

쉬잉—

파파아아—

"컥!"

"크악!"

허공에서 내리꽂히던 다섯 명 중에 세 명의 몸뚱이가 천심강사에 절단되고 두 명이 내리 찌른 두 자루의 검이 화용군의 몸을 파고들었다.

그 순간 화용군은 무애를 보호하려고 최대한 몸을 굽혔으며, 급소를 피하려고 본능적으로 상체를 뒤틀었다.

두 자루 검이 각기 등과 허벅지를 찌르는 순간 한 바퀴 원을 그리고 돌아오는 야차도가 두 명의 측면에서 쏘아 와서 그들의 관자놀이를 차례로 꿰뚫었다.

파팍—

"끅!"

"캑!"

절호의 기회라는 생각에 공격하던 제일선 열다섯 명이 화용군의 단 한 차례 반격에 몰살을 당했다.

그 광경을 보고 다른 자들은 감히 공격하지 못하고 오 장 밖에서 머뭇거리고 있었다.

화용군은 땅바닥에 앉아서 굽혔던 상체를 펴고 안고 있던 무애를 굽어보았다.

"무애야……."

그러나 눈물을 글썽이며 조금 전까지 '여보'라고 불렀던 그녀는 이제 대답이 없다.

죽은 사람은 입을 열지 않는다. 두 눈을 꼭 감고 있는데 어찌 된 일인지 입가에 행복한 미소가 머금어져 있고, 눈에서는 눈물이 흐르고 있었다.

"무애야……."

몸에서 온기가 사라지고 있는 무애를 굽어보는 화용군의 눈에서 굵은 눈물이 뚝뚝 흘러내렸다.

심장이 짓이겨지는 것 같다. 누나가 죽었다는 것을 알았을 때처럼 짓이겨진 심장이 뻥 뚫려서 찬바람이 숭숭 싸늘하게 지나갔다. 그래서 그의 온몸도 무애처럼 차갑게 식어버리는 것 같았다.

무애하고의 정사가 전혀 기억이 나지 않더라도, 그녀가 얼마나 그에게 지극정성이었는지를 알기에 그녀의 허무한 죽음이 서러운 것이다.

그가 석상처럼 한동안 꼼짝도 하지 않자 적들 중에 최고수들이 슬금슬금 다시 움직이기 시작했다.

그때 화용군이 무애를 안고 벌떡 일어서자 최고수들은 움찔 놀라 그 자리에 멈추거나 급히 뒤로 물러섰다.

그 정도로 화용군이란 존재는 그들에게 두려움 그 자체인 것이다.

화용군은 몇 걸음 걸어가서 조심스럽게 어느 나무 아래에 무애를 내려놓았다.

"잠시 기다리고 있어라."

그는 마치 살아 있는 사람을 대하듯 온화하게 말하고는 천천히 돌아섰다.

그러고는 저만치 머뭇거리고 있는 적들을 무섭게 쏘아보며 어금니를 악물며 중얼거렸다.

"모조리 죽여 버리겠다."

그의 검은 어디에 있는지 모르지만 야차도 하나면 충분했다.

"헉헉헉……."

감태정은 거의 실성한 것처럼 헤엄을 쳐서 강을 건넜다.

화용군은 무애가 죽고 나서 또다시 금강야차명왕으로 변해서 훨훨 날아다니며 남천고수와 혈명단 살수들을 개 때려잡듯이 주살, 아니, 도륙했다.

야차도에 왼쪽 눈을 잃은 감태정은 이제나 저제나 화용군에게 복수할 기회만 호시탐탐 노리다가 복수는커녕 두 번 더죽을 고비를 넘겼다.

그러고는 화용군이 그곳에 있던 적들을 거의 다 죽여갈 때더 이상 희망이 보이지 않게 되자 감태정은 부랴부랴 강을 건너 도망을 치고 있는 것이다.

관도를 따라 북상하면 화용군이 추격을 할 것이 두려운 나머지 강을 건넜다.

"으헉헉……."

감태정은 숨이 턱까지 차서 강기슭을 기어올라 맞은편 강건너를 쳐다보았다.

"크아악!"

"흐악!"

애절한 비명 소리가 강 건너 강둑 너머 먼 곳에서 연이어서들려왔다.

감태정은 반사적으로 움찔하며 몸을 낮추었다. 그는 원대한 포부를 지니고 있어서 굵직굵직한 일을 서슴없이 행하기도 하지만 때로는 비굴하기도 한 성격이다. 지금은 비굴하더라도 목숨을 부지해야 할 때다.

그는 두 손과 무릎으로 기다시피 강 언덕을 넘고는 몸을 내던졌다.

데구르르 굴러서 풀밭에 엎어진 그는 신음 소리도 내지 않고 주위를 살피면서 천천히 몸을 일으켰다.

"……!"

순간 그는 움찔 놀라면서 눈을 크게 떴다. 그에게서 멀지 않은 곳에 한 사람이 가부좌로 앉아 있는 모습을 발견했기 때문이다.

잠시 쳐다보고 있는데도 꼼짝하지 않는 걸 보니 운공조식을 하고 있는 것 같았다.

반옥정은 세 차례 운공조식을 끝내고 눈을 떴다.

시간이 얼마나 흘렀는지 알 수 없지만 그사이에 화용군이 어떻게 됐는지가 가장 궁금했다.

슥—

어서 가서 그를 도와야겠다고 몸을 일으키던 그녀는 느닷없이 왼쪽에서 무언가 쇄도하고 있는 것을 발견했다.

쌔액!

한 자루 검이 그녀의 목을 노리고 칼날을 번뜩이며 빠르게 쏘아오고 있었다.

칼날 너머에 있는 얼굴이 얼핏 보였다. 헝클어진 백발 상투 머리에 흰 수염을 길렀는데 수염과 입고 있는 흰 옷이 온통 피투성이다.

왼쪽 눈알이 퀭한데 피가 조금씩 흘러나오고 나이 든 사람 치곤 준수한 용모에 강퍅한 기운이 넘쳤다.

'감태정!'

흠칫 놀란 반옥정은 다급하게 몸을 뒤로 쓰러뜨리면서 오른손으로 어깨의 검을 뽑았다.

파아—

감태정의 검이 그녀의 왼쪽 어깨를 깊숙이 갈랐다.

그러나 그녀는 온몸을 던져 감태정에게 쏘아가며 사공세의 정자세를 전개했다.

쉬잇—

운공조식을 취하고 있는 반옥정쯤은 충분히 일검에 죽일 수 있을 것이라고 믿었던 감태정은 지나치게 가까이 접근해 있었다.

그 덕분에 반옥정의 어깨에 일검을 가했으나 그 자신도 오른쪽 가슴을 찔리고 말았다.

푹—

"크으으……."

오른쪽 가슴이 뜨끔하는 순간 그는 재빨리 뒷걸음쳐서 물러났다.

"죽일 놈……."

그를 향해 나는 듯이 덮쳐가던 반옥정이 순간 움찔했다. 그의 뒤쪽 저만치 강둑을 넘어 다섯 명의 고수가 달려오고 있었다.

그들은 마치 귀신에게 쫓기는 듯 얼굴에는 공포가 가득하고 동작은 허둥거리고 있다.

그걸 보면 필경 화용군에게 쫓겨서 도망치고 있는 자들이 분명할 터였다.

다섯 명의 고수가 이쪽을 보는 순간 반옥정은 몸을 돌려 반대편으로 도망치기 시작했다.

부상당한 감태정 한 명이면 모르지만 저들까지 여섯 명을 혼자 상대하는 것은 무리라고 판단한 것이다.

휘익—

감태정은 반옥정이 재차 공격할 것처럼 쏘아오다가 갑자기 도망치는 것을 보고는 재빨리 뒤돌아보았다.

뒤쪽에서 남천고수 다섯 명이 달려오는 것을 발견한 그는 비로소 잔인한 미소를 지으며 검을 치켜들고 반옥정을 뒤쫓기 시작했다.

"이년… 갈가리 찢어 죽이겠다."

"하아아……."

피비린내가 진동하는 관도 옆 풀밭 위에 화용군이 우두커니 서서 허연 입김을 토해내고 있다.

그는 오른손에 야차도를 쥐고 천천히 주위를 둘러보았다.

머리 꼭대기에서 발까지 핏물을 뒤집어쓴 그의 모습은 마치 핏물 속에 들어갔다가 나온 것 같다.

최초에 관도에서 시작된 싸움은 오십여 장 거리의 이곳 숲속에서 끝났다.

서 있는 사람이 화용군 하나뿐이니까 싸움이 끝났다고 해도 무방할 것이다.

그가 생각하기에 몇 명이 도망치긴 했으나 적들을 얼추 다 죽인 것 같았다.

한 가지 분명한 것은 감태정을 죽이지 못했다는 사실이다. 그자가 도망치는 것을 보진 못했으나 화용군이 죽이지 못했다면 도망친 것이 틀림없다.

그렇지만 뛰어봐야 벼룩 같은 신세다. 감태정은 평생 이룩한 백학무숙을 헌신짝처럼 내버리고 깊이 숨거나 멀리 떠날 놈이 아니다.

그러니 백학무숙에 가면 어떤 방법으로든 감태정을 찾을

수 있을 것이다.

저벅…….

이윽고 화용군은 걸음을 옮겨 무애가 있는 곳으로 갔다.

나무 아래에 똑바로 누워 있는 그녀는 흡사 자는 것처럼 고요하고 아름다운 모습이다.

감태정에게 베인 곳은 뒷목이기에 누워 있으면 보이지 않는다. 숨을 거둘 때 입가에 떠올랐던 고운 미소가 여전히 남아 있다.

그는 혹시나 싶어서 그녀의 손목을 잡아보고 심장박동을 확인했으나 전혀 뛰지 않았다. 죽은 것이 분명하다.

"무애야……."

무애가 이렇게 예쁜 줄은 몰랐었다. 뒤늦게야 마음의 눈이 떠져서 그녀를 보게 되니 예쁠 수밖에 없다. 용모보다는 그녀의 심성이 더 아름답다.

그녀 살아생전에는 예쁜 줄 모르더니 죽고 나서야 예쁜 걸 알면 무슨 소용인가.

슥—

그는 조심스럽게 무애를 안고 관도 쪽으로 걸음을 옮겼다. 이젠 그녀와 헤어지지 않아도 될 것이다.

화용군이 떠난 지 한 시진쯤 지났을 때 한 떼의 인마(人馬)

가 관도 남쪽에서 지축을 울리며 달려왔다.

우두두두—

정확하게 열 명인 그들의 선두에는 붉은 비단 경장에 머리를 틀어 올리고 어깨에는 한 자루 장검을 멘 여자가 꼿꼿한 자세로 앉아 있다.

홍의녀를 비롯한 열 명은 무림인이며, 홍의녀 뒤를 바싹 따르고 있는 흑의녀를 제외하곤 모두 이십 대와 삼십 대의 청년들이다.

우두두둑—

인마가 황진을 일으키면서 달려오자 관도를 가던 사람들이 황급히 길가로 비켜섰다.

관도에는 그렇지 않아도 시체들이 어지럽게 쓰러져 있고 핏물이 작은 냇물을 이룬 채 흐르고 있어서 행인들은 피비린내와 끔찍한 광경 때문에 헝겊으로 코와 입을 막고 외면을 한 채 조심조심 지나가고 있었다.

인마 무리 선두의 홍의녀는 손을 들어 무리를 멈추었다.

구름처럼 틀어 올린 새카만 머리에 꽂혀 있는 홍옥잠은 그녀가 입고 있는 옷보다 더 빨간색인데 햇빛을 받아 유난히 반짝였다.

그녀가 가볍게 고개를 끄떡이자 바로 뒤에 있는 흑의녀가 무리에게 손짓을 했고 두 명의 고수가 말에서 내려 시체들을 향해 빠르게 달려가서 살폈다.

"소저, 시체에 남천고수들도 있습니다."

관도의 시체를 살피던 고수 한 명이 홍의녀 쪽을 보면서 보고했다.

홍의녀는 뜻밖이라는 표정을 짓더니 주위를 둘러보다가 시체들이 관도에서 왼쪽의 공터를 지나 숲 쪽으로 이어진 것을 보고 그쪽으로 천천히 말을 몰았다.

홍의녀 일행은 숲 속에서 생존자 한 명을 찾아냈다. 그자는 남천문 백의고수인데 생존자라고는 하지만 대라신선이 온다고 해도 살리지 못할 만큼 위중한 상태다.

"누가 이랬느냐?"

홍의녀는 마상에 앉아 있고 고수 한 명이 가쁜 숨을 몰아쉬고 있는 남천고수 옆에 한쪽 무릎을 꿇고 앉아서 손목에 진기를 주입하며 물었다.

"으으… 야차… 화… 용군……."

순간 마상의 홍의녀와 그 옆의 흑의녀가 동시에 신형을 날려 생존자 옆에 내려섰다.

"방금 누구라고 했느냐?"

"화용군……."

홍의녀는 생존자 옆에 앉아서 초조한 표정으로 확인했다.

"남천문 소문주 주고후를 죽였다는 그 화용군이냐?"

"으으… 그… 렸소……."

홍의녀는 망연자실한 표정을 짓는데 이번에는 흑의녀가 생존자에게 캐물었다.

"그가 누구하고 이랬느냐?"

"그… 혼자였소……."

"혼자였다고?"

흑의녀와 고수들은 크게 놀랐다. 관도에서 여기까지 오는 동안 시체들이 도처에 깔려 있었으며, 그들이 본 것만 해도 대충 사오백 구는 될 것 같았는데 그걸 화용군 혼자 죽였다는 것이다.

더구나 남천고수들은 백의고수와 황의고수가 다수 섞여 있으며 다른 자들은 복장으로 미루어 살수인 것 같았다. 그런 쟁쟁한 고수 수백 명을 화용군 혼자 모조리 죽였다니 믿어지지 않는 일이다.

망연한 표정을 짓고 있던 홍의녀는 급히 생존자의 어깨를 흔들며 물었다.

"그는 어디로 갔느냐?"

"죽었습니다, 소저."

흑의녀가 굳은 얼굴로 말하면서 방금 전까지 생존자였던 남천고수를 바닥에 똑바로 눕혔다.

홍의녀는 누군가를 찾는 듯 애처로운 눈빛으로 주위를 두리번거렸다.

"북월, 그가 조금 전까지 이곳에 있었다는 거야……."

"서둘면 따라잡을 수 있을 겁니다."

흑의녀가 채근했다.

"그가 어디로 갔는지 알아야 따라잡지."

흑의녀는 홍의녀의 팔을 잡고 일으켜서 말에 오르게 했다.

"그의 거의 모든 행적은 제남을 중심으로 이루어지고 있으니까 제남으로 갔을 겁니다."

"그렇구나."

평소에는 총명이 지나치다고 할 정도로 영민한 홍의녀지만 지금은 충격 때문에 머리가 어지러웠다.

홍의녀와 흑의녀가 말에 오르고 출발하려고 할 때 수하 중한 명이 물었다.

"동명왕에게 가는 일은 어찌합니까?"

흑의녀가 딱 잘랐다.

"무기한 연기나."

홍의녀는 혼잣말처럼 중얼거렸다.

"이번에는 무슨 일이 있어도 그를 찾아야만 해."

그녀 유진은 머리에 꽂은 홍옥잠을 만지작거렸다.

"그를 찾지 못하면 집에 돌아가지 않을 거야."

흑의녀 북월이 단호하게 대답했다.

"소저께서 정랑(情郞)과 함께 검황신문으로 귀환하실 수 있도록 전력을 다하겠습니다."

우두두두—

유진과 북월을 비롯한 남경 검황신문의 검수들을 태운 말들이 지축을 울리며 북쪽으로 향했다.

제43장

──

누명을 벗다

다음 날 해가 저물 무렵에 화용군은 태산 남쪽의 마을 양길촌에 도착했다.

그가 무량원 안으로 들어가자 마당에 있던 무량선인의 부인이 그를 알아보지 못하고 겁먹은 표정으로 주춤거리면서 다가와 물었다.

"누구신지요?"

머리에서 발끝까지 온통 피를 뒤집어쓴 그를 알아보지 못하는 것이 당연하다.

"선인 계시오?"

그의 목소리를 듣고서야 그녀는 비로소 알아보고는 반가운 표정을 지었다.

"아… 풍객 삼촌."

무량선인은 화용군을 풍객이라고 부르면서 아우처럼 대했었고, 부창부수 그의 아내 역시 그를 남편의 아우처럼 따뜻하게 대접했었다.

반옥정은 무량원에 오지 않았다.

화용군은 혈명단과 남천고수들과의 싸움에서 입은 상처를 무량선인에게 치료받았다.

무량선인의 말에 의하면 그의 온몸에 크고 작은 상처가 서른다섯 군데나 생겼다고 했다.

그렇지만 무량선인은 어쩌다가 이렇게 많이 다쳤느냐고 묻지는 않았다.

그 대신 지난번에 화용군이 주고 간 돈으로 빚을 다 갚았으며 많은 약재를 사들여서 가난하고 병든 사람들을 예전보다 더 많이 돌보게 되어 요즘 살맛이 난다고, 무량선인은 거기에 대해서 입에 침이 마르도록 자랑을 늘어놨다.

치료를 받고 난 화용군은 무량선인의 도움을 받아 죽은 무애를 깨끗하게 씻기고 염을 하고는 수의를 입혔다.

이후 무량선인은 무애의 시신이 제남에 당도할 때까지 상하지 않도록 손을 써주었다.

무량선인은 오동나무 관을 구해서 그 안에 무애를 안치시켜 주었다.

뿐만 아니라 화용군이 편안하게 관을 운반할 수 있도록 말한 마리가 끄는 마차를 준비해 주기도 했다.

화용군은 무량원에서 이틀 동안 줄곧 운공조식을 하면서더 기다렸으나 반옥정이 오지 않자 다시 길을 떠났다.

그녀를 이곳에서 만나지 못하더라도 나중에 제남 무정루나 영춘각에서 만날 수 있을 것이라 생각했다.

화용군은 떠나기 전에 무량선인의 아내를 몰래 만나서 은자 열 냥만 남기고 갖고 있는 돈을 다 주었다.

그는 많은 돈을 지니고 다니지 않지만, 대충 은자 백 냥은될 것이다.

묵직한 은자 주머니를 손에 쥔 무량선인의 아내 혜령(惠鈴)은 크게 놀라서 손사래를 쳤으나 화용군은 아무 말도 하지 않고 돌아섰다.

＊　　　＊　　　＊

술시(戌時:밤 8시경) 무렵에 제남으로 돌아온 화용군은 성밖에 마차를 세우고 말을 나무에 묶고는 관을 메고 담을 넘어 성내로 들어갔다.

이어서 구주무관으로 가서 죽림 앞 누나 화수혜의 봉문 옆에 땅을 파고 무애를 묻어 새 봉분을 만들었다. 하지만 묘비는 세우지 않았다.

누군가 그녀의 묘비를 보고 봉분에 해코지를 할까 염려했기 때문이다.

그는 그곳에 한동안 앉아서 물끄러미 봉분을 응시하다가 이윽고 구주무관을 나서 황하유가 끝자락에 위치한 영춘각으로 향했다.

해시(亥時:밤 10경)가 넘은 시각이라서 황하유가 거리는 기루를 찾는 손님들로 넘쳐났다.

그는 동쪽에서부터 황하유가로 진입하고 있기 때문에 거리상으로 가까운 영춘각부터 들렀다.

그런데 황하를 등지고 길가에 있는 영춘각의 불이 꺼져서 컴컴했다.

해시가 넘은 시각이라서 영업을 마쳤을 수도 있다는 생각에 영춘각 옆 골목으로 들어가서 문을 밀었다. 문이 닫혀 있어서 가볍게 두드렸다.

쿵쿵…….

"동아."

나운향의 아들 서동의 이름을 불렀다.

그러나 몇 번을 불러도 나오지 않아 훌쩍 담을 넘어 들어가 안채로 가보았다.

이 층으로 이루어진 안채에서는 빛이 전혀 흘러나오지 않았고 인기척이 전혀 없다.

끼이…….

안채 입구의 문을 당기니까 거북한 소리를 내면서 열리는 데 집 안에서 왈칵 피비린내가 진하게 쏟아져 나왔다.

"……!"

피비린내에 화용군은 불길한 예감을 느끼고 급히 집 안으로 쏘아 들어갔다.

밖에서 인기척이 느껴지지 않은 것처럼 집 안에는 아무도 없었다.

하지만 여기저기 가구가 쓰러져 있으며 바닥에는 아직 마르지 않은 피가 흥건하게 고여 있었다.

화용군은 아래층과 이 층을 전부 살펴보았다. 역시 사람은 아무도 없는데 각 방 바닥과 벽에는 피가 붙어 있었다.

집 안의 상황으로 봐서는 집에 있던 사람들이 변변하게 만항도 하지 못하고 당한 것 같았다.

나운향과 곽림 가족이 한 명도 보이지 않는데다 집안 곳곳에 피가 뿌려져 있다는 것은 그들이 변을 당했다는 사실을 증명하고 있다.

불길함이 엄습했다. 나운향과 곽림 등이 모두 죽었는지, 아니면 몇 명은 살아 있는지 궁금해서 미칠 지경이다.

그는 즉시 그곳을 나와서 용군단 제남지단인 무정루로 달려갔다.

무정루에서 나운향 등을 보호하고 있었으니까 무슨 일이 있었는지 잘 알고 있을 것이다.

영춘각에서 이백여 장쯤 가야 무정루가 있다.

화용군이 무정루에 거의 도착했을 때 무정루 직전의 기루 앞에 나와서 호객을 하고 있던 몇 명의 기녀 중 한 명이 화용군을 보며 반색을 했다.

"어머! 이게 얼마만이에요, 낭군님?"

화용군은 자신을 발견하고는 쪼르르 달려와서 팔에 매달리는 살집 좋은 뽀얀 기녀를 뿌리쳤다. 단순한 호객 행위라고 여긴 것이다.

"그때는 몹시 취했었는데 오늘은 말짱하시네요?"

그러나 기녀의 다음 말을 듣고 화용군은 걸음을 멈추고 그녀에게 물었다.

"나를 아시오?"

"알고 말고요."

무정루 오른쪽에 소작루가 붙어 있다는 사실을 진작부터

알고 있지만 화용군은 다시 한 번 눈으로 확인했다. 틀림없는 소작루다.

화용군은 입안이 바싹 말랐다. 무정루에 가서 나운향 등이 어떻게 됐는지 알아봐야 하지만 그것보다 이게 더 중요한 일이다.

"그대가 날 어떻게 알고 있는지 말해보시오."

"호호! 그걸 알고 싶으시면 천첩을 따라 들어오세요."

기녀가 그의 팔을 소작루 입구로 잡아끌면서 매혹적인 빨간 입술을 혀로 핥았다.

화용군은 무정루 쪽을 한 번 보고는 기녀가 끄는 대로 소작루로 들어갔다.

화용군은 숨이 턱 멎었다.

"내가… 그대와 잤었다고?"

"어머? 정말 하나도 기억을 못하시나 봐."

기녀 미조(美鳥)는 어이없다는 듯 눈을 동그랗게 떴다가 곱게 그를 흘기며 얼굴을 붉혔다.

"그날 밤에 상공께서 천첩을 몇 번이나 괴롭히던지……."

"믿기 어렵소."

화용군은 고개를 가로저었다. 냉담한 언행하고는 달리 그는 내심으로는 극도로 긴장하고 있다.

그가 소작루에 눈길조차 주지 않으려는 이유는 이곳에 비참한 악몽 같은 기억이 깃들어 있기 때문이다.

할 수만 있다면 죽을 때까지 이곳에서의 기억은 하고 싶지 않다는 것이 그의 소망이다.

이 년 전, 항주에서의 복수를 마치고 돌아오는 길에 남경 선아루에 들렀던 그는 누나 화수혜가 그곳을 떠났다는 말을 듣고 큰 충격과 슬픔에 빠졌었다.

이후 그는 제남에 돌아왔다가 구주무관이 몰살당한 광경을 목격하고 분노와 실의에 차서 나날을 보내던 중에 성내 거리에서 개방 제자 방방을 처음 만났다.

의기투합한 두 사람은 그 길로 주루로 가서 술을 잔뜩 마시고 취해서 기루로 자리를 옮겼었는데 그곳이 바로 이곳 소작루였다.

이후 이곳에서 벌어졌던 일은 그야말로 악몽이었다. 최소한 화용군이 생각하기로는 그랬다.

엉망진창으로 취해서 인사불성이 되어 친누나도 알아보지 못하고 정사를 하여, 그녀가 스스로 강에 투신하여 자결하게 만들었던 것이다.

그런데 그때 이 년 전에 그가 소작루에서 정사를 한 기녀가 바로 자신이라고 주장하는 기녀가 나타난 것이다.

만에 하나 이 기녀의 말이 사실이라면 화용군은 누나하고 정사를 하지 않았다는 얘기다. 그러니 이보다 더 중요한 일은 없다.

화용군은 마른침을 삼켰다.

"그대의 말을 증명해 보시오."

두 사람은 소작루 이 층 기녀 미조의 아담한 방 침상에 마주 보고 걸터앉아 있는데, 그녀는 풍만한 가슴을 내밀고 가볍게 흔들었다.

"증명하라면 많지요."

미조는 욕정 어린 눈빛으로 화용군의 사타구니를 보다가 손을 불쑥 내밀어 그의 음경을 덥석 잡았다.

콱!

"첫째, 상공의 이것은 매우 커요."

화용군이 손을 뿌리쳤으나 미조는 그날의 황홀함을 음미하는 듯 눈을 반개하고 코 먹은 소리를 냈다.

"흐응… 게다가 상공의 정력은 엄청 세요. 천첩에게 절정의 쾌락을 느끼게 해준 사람은 상공이 처음이었다니까요? 그것도 하룻밤에 몇 번씩이나……."

화용군은 실소를 흘렸다.

"그런 거 말고 다른 건 없소?"

미조는 코를 쫑긋거렸다.

"그게 아니면 상공의 이름이 화용군이라는 건 어때요? 이

년이나 흘렀지만 천첩은 하루도 상공의 이름을 잊은 적이 없었답니다."

"음, 또 뭐가 있소?"

"상공의 고향이 항주이고 가문이 몰살당하여 간신히 누나하고 둘만 살아남았다는 건요?"

화용군은 등골이 쭈뼛거렸다. 설마가 현실이 되어가고 있는 것이다.

이 년 전 그날 밤 그가 동침을 했던 기녀가 눈앞에 있는 이 여자 미조였다면, 그는 누나와 몸을 섞은 것이 아니었다는 얘기다.

"그런 얘기를 내가 해주었소?"

"호호홋! 상공이 아니시면 점쟁이가 해줬겠어요?"

화용군은 두근거리는 가슴을 억눌렀다. 마지막 한 가지 확인할 것이 남았다.

"그다음 날 이 기루에서 기녀 한 명이 자살했소."

나직한 그의 말에 미조는 화들짝 놀라며 눈을 크게 떴다.

"어머? 상공께서 그걸 어떻게 아세요?"

"그 기녀에 대해서 아시오?"

미조는 고개를 갸웃거렸다.

"이곳에 온 지 얼마 안 되는 기녀였는데 누굴 찾으러 남경에서 왔다고 들었어요."

그녀는 의아한 표정을 지었다.

"그런데 그녀에 대해서는 왜 물어요?"

화용군은 미조에게 더 이상 감추고 싶지 않았다.

"그녀가 내 누나였소."

"아……."

미조는 크게 놀라서 화용군을 바라보다가 갑자기 밖으로
달려 나갔다.

"잠시만 기다리세요!"

미조는 잠시 후에 한 명의 여자를 데리고 돌아왔다.

"언니, 이분이 아선의 동생이래요."

미조가 데리고 온 여자는 모진 세파에 찌든 얼굴이지만 화
용군이 보기에는 이십 대 후반인 것 같았다.

얼굴이 겉늙어 보여서 자칫하면 사십 대 중년 여인으로 볼
수도 있으나 눈이 예리한 화용군은 그녀의 나이를 제대로 짚
었다.

"네가 수혜의 동생이라는 말이냐?"

그런데 그녀는 멈칫거리면서 가까이 다가와 화용군을 쏘
아보며 따지듯이 물었다.

"그렇소."

화용군은 그녀가 무례하게 하대를 하는데도 전혀 기분이

나쁘지 않았다.

오히려 누나 이름 수혜를 거침없이 부르는 그녀가 피붙이처럼 가깝게 느껴졌다.

"그럼 이 년 전에 네가 수혜의 시신을 훔쳐갔었느냐?"

"그렇소."

"후우……."

그녀가 두 다리에 힘이 풀린 듯 갑자기 크게 휘청거리면서 그 자리에 주저앉으려는 것을 화용군이 얼른 두 손을 내밀어 부축했다.

마른 수수깡처럼 마르고 가벼운 몸매인 그녀는 자신을 잡고 있는 화용군의 팔에 의지한 채 물었다.

"네 이름이 용군이냐?"

"네."

"수혜는 잘 있느냐?"

"네……."

그녀는 초췌한 얼굴에 눈물을 주르르 흘렸다. 그녀의 말은 화수혜의 장례를 잘 치렀느냐는 뜻이다.

"동생과 함께 있으니 수혜는 이제 외롭지 않겠구나……."

그녀의 말을 듣는 순간 화용군은 자신도 모르게 눈앞이 부옇게 흐려졌다.

여자는 화용군 옆에 앉았다. 나이는 많지 않은데 노파처럼 힘이 없는 것 같았다.

"나는 보영(普英)이라고 해. 네 누나 수혜하고는 남경의 선아루에서부터 친하게 지냈었어."

남경 선아루라는 말에 화용군은 울컥했다.

"선아루에도 계셨었습니까?"

"그래. 팔 년 전에 너를 봤었어."

화용군은 크게 놀랐다.

"남경 선아루에서 저를… 말입니까?"

보영은 까칠한 손을 뻗어 화용군의 커다란 손을 잡고는 말을 이었다.

"그래. 한겨울 비가 오는 추운 날이었지. 내 방은 선아루 삼 층이었는데 밖에서 우는 소리가 들려서 내다보니까 비쩍 마른 어린 남자아이가 문을 두드리며 누나를 부르면서 엉엉 울고 있는 거야."

화용군은 팔 년 전 그때가 생각이 나서 가슴속에서 큰 종이 울리는 것처럼 먹먹해졌다.

그때 누나가 선아루 안으로 들어가고 나서 잠시 후에 어떤 하녀가 나와서 매몰차게 돈주머니를 던져주고는 문을 굳게 닫아버렸었다.

그래서 열두 살 어린 화용군은 누나를 부르면서 몇 시진이나 선아루의 굳게 닫힌 문을 두드렸었다.

"그래서 무슨 일인가 싶어서 아래층에 내려가 봤더니 나보다 두 살 어린 여자아이가 새로 동기(童妓)로 들어왔더구나. 직감으로 아! 저 여자아이가 밖에서 울고 있는 남자아이의 누나로구나, 라고 생각했지."

미조는 옆에 우두커니 서서 지켜보면서 어깨를 들먹이며 눈물을 흘리고 있다.

기녀들은 이런 식의 아픔이나 슬픔을 한두 개씩은 다 갖고 있는 터라서 슬픔이 쉽사리 전염된다.

또한 그녀는 보영이 말하는 어린 여자아이와 남자아이가 누군지 잘 알기에 두 사람의 이별을 짐작하고는 눈물이 걷잡을 수 없이 흘렀다.

보영은 화용군의 손을 쓰다듬으며 말했다.

"그때부터 나는 수혜하고 자매처럼 지냈어. 너희들 남매의 기구한 사연을 듣고 얼마나 울었던지… 우린 서로 의지하면서 기녀 생활을 견뎠단다."

화용군은 울컥하고 눈물이 솟구쳤다.

"수혜는 오 년 동안 네가 돌아오기만 눈 빠지게 기다렸어. 그런데 오 년이 지나도 끝내 네가 오지 않으니까… 너를 찾아야겠다고 제남 백학무숙으로 가겠다는 거야. 그래서 나도 따라나섰던 거지."

두 기녀는 제남에 도착하자마자 백학무숙에 찾아가서 화

용군을 찾았으나 그런 사람은 없다는 거였다.

그래서 대명호 근처에 있는 대명제관을 한 군데도 빠짐없이 돌아다니면서 동생을 찾았으나 헛수고였다. 결과적으로는 제남에 화용군이라는 사람은 존재하지 않았었다. 당연히 화수혜는 절망했을 것이다.

화수혜는 동생이 자신을 찾아오지 않을 리가 없다고 확신했다. 그러므로 그녀는 동생이 변을 당하여 이미 죽은 것이라고 추측했다.

그녀는 허구한 날 눈물로 지새우며 동생을 그리워하다가 끝내 소작루 오 층에서 뛰어내려 황하에 몸을 던져 먼저 간 동생을 따라갔던 것이다.

"크흐흑……."

화용군은 가슴이 찢어지는 듯한 비통함에 굵은 눈물을 흘리며 울었다.

"제 잘못입니다. 저는 무술 수련에 몰두한 나머지 누나와의 오 년 약속을 지키지 못했습니다……."

그것이 누나를 그토록 절망에 빠뜨릴 것이라는 생각은 미처 하지 못했었다.

어차피 기다리는 것인데 조금 더 기다려 줄 것이라고 막연하게 생각했었다.

"게다가 저는 원수들이 저를 찾아낼까 봐 화용군이라는 이름을 사용하지 않고 강호라는 가명을 썼습니다. 또한 바깥출입을 거의 하지 않아서 저라는 존재가 전혀 알려지지 않았었습니다."

그는 주먹을 쥐고 자신의 허벅지를 쾅쾅 두드렸다.

"제 잘못입니다… 제가 누나를 죽였습니다……."

보영은 고개를 숙이고 펑펑 우는 화용군의 등을 부드럽게 쓰다듬었다.

"군아, 네 잘못이 아니다."

화용군은 눈물을 흘리며 보영을 쳐다보았다.

"이 년 전 그때 누나 시신 옆에서 울고 있던 사람이 바로 누님이었군요……."

"그래, 나야. 그때 나는 네가 아선, 아니, 수혜와 전날 밤을 보낸 손님이라고 생각을 했었어. 그런데 네가 수혜의 동생이었을 줄이야……."

화용군은 흐느껴 울고 있는 미조를 가리켰다.

"저는 저 사람과 잤습니다. 그렇지만 너무 취해서 누구와 잤는지도 몰랐습니다."

그는 자신이 누나하고 정사를 했다고 오해를 하면서 지난 이 년 동안 자신을 학대하며 살아왔다는 말은 차마 할 수가 없었다.

"군아, 네가 알아둬야 할 것이 하나 있어."

보영은 마치 친동생처럼 화용군의 손을 쓰다듬었다.

"말씀하세요."

"수혜는 폐병이 매우 심했어. 의원들도 손을 쓰지 못할 정도였지."

또 다른 누나의 사연이 화용군의 가슴을 찢었다.

"폐병… 누나가 말입니까?"

"그래. 하루에도 몇 번이나 피를 토하곤 했었어. 의원 말로는 서너 달을 넘기지 못할 거라고 했었어."

"누나가……."

폐병은 가장 지독한 병이다. 누나가 하루하루 쇠약해지면서 기침을 하며 피를 토하는 광경이 눈에 선했다.

"그래서 수혜는 죽기 전에 너를 꼭 다시 한 번만 보고 싶었던 거야. 그런데 네가 죽었다고 생각하고는……."

화용군은 고개를 푹 숙였다. 눈물이 뚝뚝 그의 무릎으로 떨어졌다.

화용군은 홀가분한 마음으로 소작루를 나와 바로 옆의 무정루로 향했다.

지난 이 년 동안 그의 마음과 몸을 꽁꽁 얽매고 있던 질긴 밧줄에서 풀려난 기분이다.

그는 자신이 누나하고 정사를 한 만고의 패륜아라고 생각하여 매일 사는 것이 지옥일 정도로 삶이 피폐했었다.

그런데 그게 아니었다. 철저한 그의 오해였던 것이다. 이제는 사람들의 얼굴도 똑바로 볼 수 있고, 고개를 들어 하늘을 우러러봐도 부끄럽지 않았다.

그러나 그의 기쁨은 오래 가지 않았다.

"누가 죽었다는 말이냐?"

용군단 제남지단주 은지화의 말에 화용군은 앉았던 의자에서 벌떡 일어섰다.

은지화는 착잡한 얼굴로 말했다.

"모두 죽었어요."

"모두… 말이냐?"

은지화의 말로는 영춘각에 있던 야조와 나운향 가족, 곽림 가족이 모두 몰살을 당했다는 것이다.

화용군은 감태정을 죽이러 불과 사흘 동안 제남을 비웠을 뿐인데 그사이에 그들 모두가 몰살당하다니 믿어지지 않는 일이다.

실내에는 바람도 없는데 상투를 틀어 잘 묶은 화용군의 반백 머리카락이 휘날리고 두 눈에서는 예의 푸르스름한 안광이 스멀스멀 흘러나왔다.

"누구 짓이냐?"

"천첩이 영춘각으로 달려갔을 때에는 백학무숙 무사들이 있었어요."

"음… 백학무숙……."

감태정을 죽이지 못하고 단지 애꾸로 만들기만 한 화용군은 백학무숙이라는 말만 들어도 이가 갈렸다.

한데 그들이 야조와 나운향 등을 몰살시켰다고 하니 분노로 턱이 부들부들 떨렸다.

그는 문득 은지화를 비롯한 무정루에 화가 미치지 않았는지 염려스러웠다.

"너희는 별일 없었느냐?"

"백학무숙은 무정루가 영춘각의 사람들과 연관이 있다는 사실을 짐작했지만 저희를 건드리지는 못해요."

무정루를 건드리는 것은 최근 상계에 떠오르는 신성인 용군단을 건드리는 것이나 다름이 없다는 사실을 백학무숙은 잘 알고 있었던 것이다.

은지화는 화용군의 두 눈에서 시퍼런 안광이 뿜어지는 것을 두려운 표정으로 바라보았다.

"저희가 용군단이라는 사실을 알기 때문이죠. 그런 걸 보면 백학무숙은 총단주와 용군단의 관계에 대해서 자세히 모르는 것 같아요."

화용군은 이를 갈 듯 무거운 신음을 토했다.

"음. 백학무숙이 영춘각을 어떻게 알아냈다더냐?"

"개방 제남분타주 흑비개라는 자가 백학무숙에 알려줬다고 나중에 방방이 그러더군요."

"방방이?"

"흑비개가 방방의 똘마니 상개를 족쳐서 알아냈대요. 이후에 상개는 흑비개에게 죽었어요."

"방방은?"

"도망쳤어요. 흑비개가 그를 잡아서 죽이려는 것을 천첩이 북경 용군단에 가 있으라고 장소를 알려줬거든요."

"잘했다."

화용군은 은지화와 측근 호위무사 두 명의 안내를 받아 무정루 후원의 어느 건물 지하로 내려갔다.

지하에는 몇 칸의 석실이 있는데 호위무사는 그중 하나의 문을 열었다.

우릉……

두 명의 호위무사가 양쪽으로 비켜서고 화용군과 은지화는 묵묵히 안으로 들어갔다.

들어서다가 화용군은 석실 바닥에 여러 개의 관이 나란히 놓여 있는 것을 보고 뚝 걸음을 멈추었다.

첫 번째 관에 새하얀 옷을 입은 야조가 반듯하게 누워서 그를 기다리고 있다.

얼굴이 창백할 뿐이지 마치 살아 있는 것 같아서 금방이라도 화용군을 반기며 관에서 일어날 것만 같았다.

지난 이 년 동안 백학무숙 뇌옥에 갇혀서 갖은 고초를 다 겪었던 그녀를 겨우 구해냈는데, 그토록 그리워하던 화용군하고 제대로 며칠을 지내보지도 못한 채 야조는 이렇듯 차가운 시신이 되어 관 속에 누워 있다.

화용군은 가슴이 축축해졌다. 또한 그만큼 분노로 몸이 덜덜 떨렸다.

그는 차마 두 번째 관을 볼 자신이 없어졌지만 발길을 돌려서는 안 된다는 걸 잘 알고 있다. 이것이 이들하고의 마지막 인사이기 때문이다.

저벅……

두 번째 관에는 나운향이 역시 하얀 옷을 입고 누워 있다. 그녀가 당장에라도 환하게 웃으면서 관 속에서 일어설 것만 같았다.

세 번째 관에는 나운향의 딸 서진, 그리고 네 번째에는 아들 서동이 커다란 관에 덩그러니 누워 있었다.

"으윽!"

화용군은 거기에서 걸음을 잠시 멈추고 분노와 슬픔을 다스렸다가 다시 걸어갔다.

곽림, 그의 아내 임청, 그리고 딸 곽영이 차례로 관 속에 누워 있다.

이들 모두는 화용군을 하늘처럼 믿고 있었다. 그의 곁에 있으면 안전할 것이고 행복할 것이라 믿었는데 예기치 못했던 죽음이 이들을 덮쳤다.

살아생전에 곽림네 가족은 늘 뿔뿔이 흩어져서 살았는데 죽어서야 비로소 한 가족으로 모여 있다.

그의 옆에 선 은지화가 이들이 죽은 게 자신의 잘못이기라도 한 듯 고개를 푹 숙인 채 말했다.

"총단주께서 오시면 장사를 치르려고……."

"기다려라. 장례는 백학무숙을 피로 씻은 다음에 하자."

"네."

휙—

화용군은 찬바람이 일도록 몸을 돌려 석실을 나갔다. 그는 죽은 이들에게 너무도 죄스러워서 그곳에 더 오래 있을 수가 없었다.

화용군은 돌계단을 오르며 뒤따르는 은지화에게 명했다.

"방방에게 돌아오라고 해라."

제44장

백학무숙의 멸망

자정을 막 넘긴 시각의 개방 제남분타는 쥐 죽은 듯이 조용했다.

　사아아…….

　으스름 달빛을 받으며 하나의 검은 인영이 숲 속의 드문드문 서 있는 나무 사이를 바람처럼 쏘아오고 있다.

　검은 인영은 화용군이다. 그는 개방 제남분타인 토지묘 앞에 기척 없이 멈추었다.

　토지묘는 겉에서 보기에는 다 낡고 부서져 금방이라도 무너질 것 같았으나 안으로 들어가면 꽤나 넓어서 십여 개의 방과 지하실로 이루어져 있으며, 분타에 상주하는 개방 제자는 오십여 명에 달했다.

화용군은 토지묘 앞에서 주위를 둘러보다가 삼 장쯤 떨어진 어느 나무 뒤에서 미세한 기척을 느끼고 그곳에 시선이 멈추었다.

그러자 그 나무 뒤에서 한 사람이 천천히 걸어 나왔다. 그는 약간 통통한 몸집에 반 뼘 길이의 짧은 수염을 기른 오십대 중반의 거지였다.

일곱 조각을 기운 상의를 입고 있는 것으로 봐서 그는 개방의 칠결제자(七結弟子), 즉 개방장로의 신분이다.

하지만 화용군은 개방의 신분 체계에 대해서는 잘 모르고 또 알고 싶지도 않았다.

개방삼장로 중 한 명인 취룡신개(醉龍神丐)는 화용군을 향해 천천히 걸어오는데 바닥의 낙엽과 풀을 밟으면서도 일체 소리가 나지 않았다.

"소형제는 혹시 화용군이 아닌가?"

화용군은 우뚝 선 채 그를 주시하면서 대답은 하지 않고 고개만 가볍게 끄떡였다.

지금 그는 개방에 감정이 좋지 않으므로 취룡신개를 곱게 볼 리가 없다.

"여기에는 혹비개를 찾아왔나?"

"그렇소. 당신은 누구요?"

"노개는 개방 삼장로 중에 취룡신개라고 하네."

취룡신개는 다섯 걸음까지 다가와서 멈추었다.

"흑비개가 백학무숙의 앞잡이 노릇을 했다는 얘기를 방방에게 들었네."

화용군은 표정의 변화 없이 할 말이 있으면 더 해보라는 듯 가만히 서 있었다.

"흑비개는 개방의 율법을 어겼으니 북경 총타로 끌고 가서 엄벌에 처할 걸세."

화용군은 속이 뒤틀리기 시작했다. 개방이라니, 흑비개 때문에 피해를 입은 사람이 그를 처리해야지 어째서 개방이 그를 처리한다는 말인가.

"그래서 나더러 가만히 있으라는 것이오?"

"일테면 그렇다네."

"그런 터무니없는……."

취룡신개는 손을 들어 화용군의 말을 제지하고는 자신의 말을 이었다.

"흑비개의 죄로 봤을 때 죽음을 면하지 못할 걸세."

"흑비개는 내 손으로 죽일 것이오."

취룡신개는 고개를 가로저었다.

"그건 불가능하네. 흑비개는 개방의 제자니까 개방의 법으로 처형해야 하네."

화용군은 미간을 좁혔다.

"내가 흑비개를 죽이겠다면 어쩔 것이오?"

"그럼 자네는 개방을 적으로 삼게 될 걸세."

취룡신개의 그 말에 화용군은 배알이 뒤틀렸다.

"개방 따위가 뭐라고!"

"뭣이? 네놈이 감히!"

취룡신개는 발끈했다가 곧 표정을 누그러뜨리고는 애써
미소를 지어 보였다.

"개방은 백도(白道) 구파일방의 하나일세. 백학무숙 따위
하고는 수준이 달라. 자네가 본 방을 적으로 삼는다면 백도
전체를 적으로 삼는 것이나 다름이 없네."

화용군이 태산 남쪽 관도상에서 남천고수 오백여 명과 혈
명단의 혈명십살을 비롯한 혈명살수 백여 명 도합 육백여 명
을 상대하여 혈혈단신으로 싸워서 그들을 거의 몰살시켰다는
소문은 현재 무림을 진동시키고 있다.

수십 년 동안 무림에 그런 식의 대혈전이 없었으며, 더구나
일 대 육백의 싸움이라는 것은 상상도 하지 못할 일이다. 그래
서 그 싸움이 무림에 더욱 빠르게 소문이 퍼지고 있는 것이다.

화용군은 모르고 있지만 그 싸움으로 인해서 그에게 별호
가 두 개 생겼다.

탈명야차(奪命夜叉). 싸움을 하면 반드시 목숨을 빼앗는 야차라는 뜻이다.

또 하나의 별호는 옥면야차(玉面夜叉)인데, 화용군의 용모가 경국지색의 미녀를 능가하기에 붙여졌다.

옥면이면서도 야차라는 것은 모순적이지만 그에게 잘 어울리는 별호다.

"그러니 흑비개는 본 방에 맡기게. 그 대신 자네가 백학무숙을 어떻게 하든 본 방에서는 일체 상관하지 않겠네. 원한다면 약간의 도움을 줄 수도 있네."

화용군은 개방을 비롯한 구파일방이 무림에서 얼마나 지대한 세력과 영향력을 지니고 있는지 모르고 있다.

또한 그들이 무림의 평화와 질서를 위해서 나름대로 노력하고 있으며 그로 인해서 천하의 존경을 받고 있다는 사실은 더욱 모른다.

그저 그는 자신의 원한과 복수, 그리고 가까운 사람들의 안위만을 중요하게 여길 뿐이다.

"거래를 하자는 것이오?"

"말하자면 그렇네."

화용군이 말귀를 알아듣는 것 같다는 생각에 취룡신개는 벙긋 웃었다.

그러나 화용군은 뺨을 씰룩였다.

"흑비개 때문에 몰살당한 내 가족들을 되살려 준다면 당신 말에 따르겠소."

"뭐어……."

취룡신개는 새우처럼 작은 눈을 크게 뜨며 어이없는 표정을 지었다.

"영춘각 사람들이 자네 가족인가?"

취룡신개는 흑비개로 인하여 벌어진 내막을 이미 다 알고 있는 것이 분명했다.

그런데도 흑비개를 개방의 율법으로 처리하겠다는 것을 화용군은 도저히 받아들일 수가 없다.

"그렇소."

"음……."

취룡신개는 무거운 신음을 흘렸다.

그가 제남에 온 이유는 흑비개 때문에 벌어진 일을 수습하기 위해서다.

그런데 흑비개가 화용군에 대한 정보를 백학무숙에 알렸고, 그로 인해서 백학무숙이 영춘각 사람들을 몰살시켰는데, 그들이 화용군의 가족일 줄은 몰랐다. 다만 그와 조금 연관이 있는 사람일 거라고만 짐작했었다.

"당신이라면 가족의 원수를 남에게 맡기겠소?"

"음."

화용군이 힐문하는데도 취룡신개는 꿀 먹은 벙어리가 된 양 아무 말도 하지 못했다. 대화가 이런 식으로 흘러갈지는 몰랐기 때문이다.

"그들이 자네하고 어떤 관계인가?"

취룡신개는 돌파구를 찾으려고 노력했다.

"가족이라지 않소."

"글쎄 가족관계가 어떻게 되느냐는 걸세."

"알 필요 없소."

슥—

화용군은 더 이상 상대할 가치가 없다는 듯 토지묘 입구 안쪽으로 걸음을 옮겼다.

"멈춰라!"

취룡신개는 쩌렁하게 외치면서 느닷없이 화용군의 등을 향해 오른손 일장을 갈겼다.

위잉—

묵직하고 강맹한 장풍이 빠른 속도로 화용군의 등을 향해 쏘아갔다.

취룡신개는 화용군이 남천고수와 혈명살수 육백여 명을 상대로 싸워서 몰살시켰다는 사실을 알고 있었음에도 불구하고, 지금처럼 그가 다섯 걸음 앞에서 등을 보인 채 무방비 상태로 걸어가는 것을 보고는 그가 탈명야차라는 별호를 어떻게 해서 얻게 됐는지 잠시 망각했다.

취룡신개는 화용군이 너무도 태연하게 그대로 계속 걸어 가는 것을 보고 장풍이 등에 적중될 것이라고 믿어 의심하지 않았다.

그런데 어느 한순간 화용군의 모습이 시야에서 씻은 듯이 사라졌다.

슛—

꽝—

장풍은 굳게 닫힌 토지묘의 나무문에 적중되어 나무문을 산산조각 냈다.

샤랑…….

직후 취룡신개의 정면 왼쪽에서 절간 처마 끝에 매달린 풍 경 소리 같은 나직한 음향이 들렸다.

취룡신개가 쳐다보자 푸른 빛살 한 줄기가 자신의 얼굴을 향해 쏘아오는데 쳐다보고 있는 사이에 이미 코 앞 두 뼘 거 리에 쇄도하고 있었다.

오금이 저리는 순간 취룡신개의 뇌리를 강하게 두드리는 생각이 있다.

'나보다 훨씬 고강하다…….'

그런 당연한 사실을 그는 이제야 깨달았다.

화용군이 남천고수와 혈명살수 육백여 명과 싸워서 거의

몰살시켰으며, 그로 인해서 탈명야차, 혹은 옥면야차라는 별호를 얻었다는 사실을 취룡신개는 액면 그대로 받아들였어야만 했다.

그런데 그는 그 사실을 과소평가했으며, 화용군을 실제로 보고는 더욱 평가절하했다.

저렇게 어린놈이 강해봤자 얼마나 강하겠는가, 저놈이 싸웠다는 육백 명이 삼류였을 것이다, 라고 말이다.

하지만 그의 착각은 화용군의 첫 번째 야차도 공격에 여지없이 깨졌다.

"으헛!"

핑—

그는 다급하게 허리를 비틀어서 야차도를 가까스로 피했다.

피하면서도 그는 화용군이 멈추지 않고 연속적으로 공격할 것에 대비하여 상체를 뒤로 젖힌 자세에서 쏜살같이 일 장이나 물러났다.

사릉…….

그런데 그가 허리를 펴려고 할 때 귓전에서 예의 야차도 소리가 울렸다.

그는 야차도를 보지도 못한 채 단지 소리만으로 공격 방향을 추측하여 재차 상체를 마구 흔들었다.

사라랑…….

야차도 소리는 쉬지 않고 계속 울렸으며, 취룡신개는 거기에 맞춰서 정신없이 허리를 비틀고 상체를 흔들어댔다.

취룡신개는 거의 일각 동안 미친 듯이 온몸을 비틀고 흔들면서 야차도를 피했다.

그러는 동안 화용군의 모습은 보지도 못했다. 그저 야차도의 공격만 피하기 바빴다.

'으헉헉… 더 이상 못 하겠다…….'

그러나 일각 동안 전력으로 이리저리 날뛰다 보니 한계에 도달했다.

그런데도 야차도 소리는 그의 귓전에서 끊임없이 계속 이어지고 있었다.

믿기 어려운 일이지만, 그는 최초에 야차도가 쏘아온 이후에는 한 번도 야차도를 보지 못했다. 소리를 듣고 피하느라 바빠서 볼 여유가 없다.

그렇지만 이제는 야차도에 찔리더라도 도저히 더 이상 움직일 힘이 남아 있지 않았다.

"헉헉헉……."

마침내 그는 움직임을 멈추고 엉거주춤한 자세로 서서 어깨를 들먹이며 거칠게 헐떡거렸다.

너무 지쳐서 야차도에 당해도 어쩔 수가 없다고 포기할 단계에 도달한 것이다.

사랑… 사르랑…….

그런데 예의 야차도의 음향이 여전히 들려왔다. 가만히 들어보니까 머리 위다.

그래서 고개를 들고 어리둥절한 얼굴로 위를 쳐다보니까 그의 머리 위에서 야차도가 혼자서 빙글빙글 맴돌면서 소리를 내고 있었다.

야차도는 그의 머리 위 두 자 높이에서 원을 그리면서 맴돌 뿐이지 전혀 위협이 되지 않았다.

그런데 그는 그것도 모르고 계속 미친 듯이 발버둥을 쳤었던 것이다.

슛—

"으헛?"

바로 그때 야차도가 느닷없이 방향을 아래로 꺾더니 위를 쳐다보고 있는 그의 얼굴을 향해 내리꽂히자 그는 혼비백산해서 나급히 상체를 뒤로 섲히다가 그대로 뒤로 벌렁 자빠지고 말았다.

슉—

그런데 야차도는 자빠져 있는 그의 얼굴을 향해 곧장 내리꽂히고 있다.

"으으……."

그는 사색이 되어 진땀을 흘리며 야차도를 노려보았다.

사릉…….

그런데 야차도가 그의 콧잔등에서 한 뼘쯤 되는 곳에서 갑자기 방향을 홱 꺾어 어디론가 쏘아갔다.

야차도의 뾰족한 도첨이 자신의 콧잔등을 뚫을 것이라고만 여겼던 취룡신개는 온몸의 맥이 다 풀렸다.

"으흐흐……."

그러면서 그는 야차도가 쏘아간 방향을 쳐다보다가 놀라는 표정을 지었다.

그에게서 열 걸음쯤 떨어진 곳에 우뚝 서 있는 화용군이 야차도를 막 손에 쥐고 있는 모습을 발견한 것이다.

화용군은 근처에 있지도 않았는데 멀찍이 떨어져 있는 그가 야차도를 자유자재로 조종을 해서 일각 동안 취룡신개를 갖고 놀았던 것이다.

"뒤에서 암습을 하다니, 개방장로가 할 짓이오?"

"음……."

화용군의 꾸짖음에 취룡신개는 입이 백 개라도 할 말이 없어서 쥐구멍이라도 들어가고 싶은 심정이다.

"험! 어험!"

그는 어색함을 이기려는 듯 괜히 헛기침을 하면서 일어서다가 흠칫 놀랐다.

어느새 나왔는지 수십 명의 개방 제자가 토지묘 입구를 중심으로 넓게 퍼져서 취룡신개를 주시하고 있는데 모두들 표정이 씁쓸했다.

"어……."

취룡신개는 두 가지 사실을 깨달았다. 제남분타의 개방 제자들이 모두 나왔다는 것, 그리고 그들이 자신의 추한 꼴을 다 봤다는 사실이다.

개방에서 장로 정도 되면 개방 제자들에겐 하늘같은 존재인데, 취룡신새가 새카만 졸자들 앞에서 혼자 춤을 추는 개망신을 당했으니 청사(靑史)에 길이 남을 일이다.

장내에 어색한 침묵이 흘렀다. 그러나 잠시 후에 화용군에 의해서 깨졌다.

"흑비개는 어디에 있소?"

취룡신개는 정신을 차리고 단호하게 말했다.

"그를 데려갈 순 없네."

그러나 그는 정신을 다 차리지 못한 것이 분명하다. 제정신이라면 조금 전에 그렇게 혼나고도 계속 고집을 부릴 수 있겠는가.

"상관없소."

화용군은 고개를 끄떡이며 야차도를 바로 잡았다.

척—

"당신을 비롯하여 여기에 있는 개방 제자를 다 죽이고서라도 흑비개를 죽이면 되니까."

취룡신개는 야차도에 심장을 깊이 찔린 것 같은 충격을 받았다.

그렇다. 화용군이 마음만 먹으면 여기에 있는 사람들을 몰살시키는 것은 여반장 같은 일이다.

그때 토지묘 밖에 나와 있던 개방 제자들이 무기를 거머쥐고 화용군 주위로 슬금슬금 몰려들었다.

그걸 보고 취룡신개가 코웃음을 쳤다.

"물러서라."

"그렇지만 장로님……."

개방 제자들은 화용군이 멀리 떨어져서 손을 이리저리 흔들면서 취룡신개를 갖고 노는 광경을 봤기에 그가 굉장한 고수일 것이라고 짐작했다.

하지만 그가 개방 제자들을 다 죽여서라도 흑비개를 죽인다는 말에 발끈한 것이다.

말하자면 자신들의 머릿수가 많다는 것을 믿고 있는데 잘못 짚어도 크게 잘못 짚었다.

"너희들 저자가 누군지 아느냐?"

취룡신개가 화용군을 가리키자 개방 제자들은 눈만 끔뻑거릴 뿐 대답하지 못했다.

취룡신개는 혀를 찼다.

"쯧쯧쯧… 그가 바로 탈명야차다."

"허엇?"

"캑! 타… 타… 탈명야차!"

개방 제자들은 소스라치게 놀라서 비명을 지르는데 개중에는 그 자리에 주저앉는 자도 수두룩했다.

화용군은 최후의 선언을 했다.

"흑비개를 내 앞에 끌고 오지 않으면 내 발로 들어가서 직접 죽이겠소."

취룡신개로서도 결단을 내려야 할 순간이다. 그는 자신은 물론이거니와 이곳에 있는 개방 제자들이 한꺼번에 덤벼도 화용군을 당해내지 못할 것이라고 짐작했다.

그렇지만 흑비개를 순순히 내준다는 것은 말도 되지 않는 일이다.

그것은 천하의 대개방이 일개인의 협박에 굴복하는 것이기 때문이다.

취룡신개는 토지묘 입구 앞에 우뚝 서서 두 눈을 부릅뜨고 전방을 쏘아보았다.

토지묘 앞쪽 여기저기에는 정확히 사십칠 명의 개방 제자가 피를 흘리며 쓰러져 있다.

그들은 개방 제남분타의 제자들이며 조금 전까지만 해도 심장이 펄떡거리면서 살아 있었으나 지금은 야차도에 의해서 모두 죽은 목숨이다.

취룡신개는 자신을 향해 똑바로 걸어오고 있는 화용군을 핏발이 곤두선 눈으로 쏘아보면서 참을 수 없는 분노로 턱을 덜덜 떨었다.

그가 개방의 율법을 고집하는 바람에 이곳의 개방 제자 사십칠 명이 화용군에게 몰살을 당했다.

탈명야차라는 별호가 말해주듯이, 화용군이 피도 눈물도 없이 잔인한 손속을 지녔다는 사실을 잘 알고 있으면서도 그놈의 개방율법이 뭐라고 꽃다운 사십칠 명의 생명을 내던졌다는 말인가.

취룡신개는 화용군을 원망하기 전에 꽉 막힌 자신의 아집을 원망했다. 흑비개는 대죄를 지었으니 어차피 북경총타에 끌려가도 처형당할 놈이었다.

그러니 여기에서 화용군에게 죽어도 상관이 없는 것이다. 그런데 바락바락 고집을 피우다가 애꿎은 목숨 마흔일곱 개를 헛되이 저세상으로 보냈다.

저벅저벅…….

"네 이놈……."

취룡신개는 자신을 향해 똑바로 걸어오는 화용군을 후회

와 분노 때문에 온몸을 부들부들 떨면서 쳐다보았다.

"그래, 이놈아… 나도 죽여라……."

그는 화용군이 열 걸음 앞으로 걸어오고 있는데도 공격할 생각을 하지 않고 저주하듯 중얼거렸다.

저벅저벅…….

화용군은 오른손의 야차도를 천천히 치켜들면서 취룡신개에게 점점 가까이 다가들었다.

취룡신개는 야차도 도첨에서 핏물이 뚝뚝 떨어지는 것을 보고 움찔 몸을 떨었다. 그것은 개방 제자들의 피다. 그리고 이제 곧 거기에 취룡신개의 피가 묻힐 것이다.

"으으으……."

화용군이 다섯 걸음 앞까지 다가오자 취룡신개는 쌍장을 발출하기 위해서 두 손을 치켜들었다.

그의 온몸이 사시나무처럼 와들와들 떨렸다. 너무 지독하게 분노하는 바람에 공력이 제대로 모아지지 않았다.

지금 당장 쌍장을 발출하지 않으면 공격 한 번 제대로 해보지 못하고 개죽음을 당할 것이다. 그렇지만 공력이 모아지기는커녕 무릎이 달달 떨리다가 급기야 무너지고 말았다.

쿵!

두 무릎이 바닥에 닿고 나서야 취룡신개는 깨달았다. 자신이 분노하고 있는 것이 아니라 겁에 질렸다는 사실을, 탈명야차를 두려워하고 있다는 사실을.

"으흐흐……."

그는 무릎을 꿇고 고개를 숙인 채 몸을 떨었다. 공포심과 자신에 대한 비웃음의 떨림이다. 이제 곧 야차도가 그의 머리나 뒷목을 꿰뚫을 것이다.

저벅저벅…….

그러나 화용군은 그의 옆을 그냥 스쳐 지나갔다. 그런데 그것이 취룡신개를 더욱 비참하게 만들었다.

잠시 후에 화용군이 토지묘 안에서 걸어 나왔는데 그때까지도 취룡신개는 입구에 무릎을 꿇고 있었다.

저벅저벅…….

들어갈 때처럼 화용군은 취룡신개 옆을 스쳐 지나 뒷모습을 보이면서 숲을 향해 걸어갔다.

그런데 그의 왼손에 쥐어져 있는 것은 누군가의 수급(首級)이다. 바로 흑비개의 머리였다.

수급의 머리카락을 움켜잡고 있으며 잘라진 목에서는 피가 뚝뚝 떨어져 바닥을 적시고 있었다.

화르르─

화용군은 백학무숙 한가운데 있는 전각 모서리에 기름을

붓고 불을 붙였다.

불을 지른 이유는 전각 하나를 태워서 자고 있는 백학무숙의 사람들을 다 깨우려는 것이다. 그래서 자신의 원한하고는 상관이 없는 생도와 숙수, 하녀, 하인들은 살려주고 백학무숙의 검사들, 즉 백학검사들은 죽이려는 의도다.

화용군은 오른손에 야차도를 움켜쥐고 느릿한 걸음으로 마당을 거닐며 전각이 활활 타오르기를 기다렸다.

과연 불은 불이다. 최초 전각 모퉁이 기둥 아래에 조금 붙었던 불이 전각 한쪽을 온통 태우기까지는 채 반각도 걸리지 않았다.

콰아아―

전각의 구 할은 나무로 이루어졌으므로 불길이 전각을 통째로 집어삼켜 불길이 수십 장 높이로 솟구치는 것은 이상한 일이 아니다.

화용군이 마당 한가운데 우뚝 서 있는데 불타는 전각에서 사람들이 우르르 쏟아서 나오며 비명을 질러댔다.

"불이야―!"

"사람 살려!"

이제 전각이 통째로 불타오르자 주위는 대낮처럼 밝아졌으며 불타는 전각이든 멀쩡한 전각이든 자다가 뛰쳐나온 사람들이 마당에 가득 모여들었다.

불이 워낙 맹렬하게 타올라서 사람들은 불을 끄려는 생각도 하지 못하고 웅성거리면서 쳐다보고 있을 뿐이다. 그들은 자신들 사이에 섞여서 서 있는 화용군을 미처 발견하지 못했으며 그가 불을 질렀을 것이라고는 더욱 생각하지 못했다.

이윽고 화용군이 쩌렁쩌렁하게 외쳤다.

"생도들은 즉시 이곳을 떠나라!"

"어억!"

"크으윽!"

공력이 실린 외침에 가까이 있던 자들은 코와 입에서 피를 토하고, 조금 떨어진 곳에 있는 자들은 귀를 틀어막으면서 비틀거렸다.

화용군의 외침이 계속됐다.

"나는 백학무숙에 있는 살아 있는 것들을 모조리 죽일 것이다! 살고 싶은 자들은 당장 떠나라!"

급기야 화용군 가까이 있던 자들은 공력이 실린 외침을 이기지 못하고 픽픽 쓰러졌으며, 대부분의 사람은 소스라치게 놀라 우르르 사방으로 물러났다.

넓은 마당 한가운데 화용군 혼자 서 있고 수백 명이 큰 원을 형성한 채 멀리에서 그를 에워쌌다.

창—

"네놈은 누구냐?"

뒤늦게 몰려온 백학검사들 중에 우두머리로 보이는 자가 앞으로 나서면서 뽑아 든 검으로 화용군을 가리켰다.

백학검사들은 백여 명쯤 돼 보이는데 계속 그 수가 점점 불어나고 있는 중이다.

화용군은 우뚝 서서 그들을 쏘아보며 오만하면서도 냉랭한 미소를 흩날렸다.

"나는 화용군이다."

순간 수백 명이 모여 있는 마당으로 하늘에서 얼음물이 쏟아진 것처럼 고요해졌다.

그러고는 잠시 후 모두의 얼굴에 혼비백산한 표정이 가득 떠올랐다.

"타… 탈명야차……."

"염마왕 탈명야차다……."

여기저기에서 공포에 질린 신음 소리가 마구 터져 나왔다.

화용군은 조금 전에 자신에게 소리쳤던 백학검사의 우두머리를 향해 걸어가며 우렁차게 외쳤다.

"살고 싶은 자들은 당장 떠나라!"

쉬익!

말이 끝나기 무섭게 그는 우두머리를 향해 일직선으로 쏘아가며 야차도를 던졌다.

슈웅—

야차도를 천심강사로 이리저리 다룰 때는 사라랑… 하는
약한 음향이 나지만 공력을 실어 빠르게 던지면 방금 같은 강
한 음향이 난다.

퍽!

"저놈이… 끅!"

화용군에게 소리쳤던 백학검사 우두머리는 지독하게 빠른
야차도가 자신에게 쏘아오는 것을 발견하지 못하고 단지 달
려오는 화용군만 보고는 검으로 그를 가리키며 뭐라고 말하
려다가 야차도가 목에 꽂히는 바람에 더 이상 말을 하지 못하
고 즉사했다.

파아—

화용군이 쏘아가면서 오른손을 슬쩍 당겼다가 손목을 젖
히자 우두머리의 목에서 뽑힌 야차도가 빙글 원을 그리는 듯
하더니 바로 옆에 있는 백학검사의 미간에 꽂혔다.

퍽!

"큭!"

한쪽에 모여 있는 백학검사들 앞에 화용군이 이르렀을 때
에는 백학검사 두 명이 목과 미간에서 피를 뿜으며 쓰러지고
있었다.

"허엇?"

"으왓!"

백학검사들은 난데없이 벌어진 일에 비명을 질러댔다.

화용군은 생도들과 백학검사들의 복장을 파악했다. 이곳 백학무숙도 대명제관의 여타 무도관하고 복장이 크게 다를 바 없어서 화용군으로서도 식별하는 데 어려움이 없다.

슈웃—

야차도를 오른손에 잡은 그는 아직도 정신을 못 차리고 어정쩡하게 서 있는 백학검사들 속으로 파고들었다.

"살고 싶은 자는 떠나라고 말했었다!"

슈웅—

백학무숙 안에 있는 살아 있는 것들이라면 개새끼 한 마리까지 남김없이 모조리 죽이고 싶은 그다.

그래도 손바닥만 한 자비를 베풀어 죄가 없는 사람들에게 살길을 열어주었다.

파파아아—

"크윽!"

"꺼윽!"

"흐윽!"

한 줄기 바람인 양 그가 스쳐 지나는 곳에는 백학검사들이 우수수 추풍낙엽처럼 쓰러지면서 피를 뿌렸다.

백학무숙이 넓기는 하지만 한복판의 가장 큰 전각이 통째로 활활 불타고 있기 때문에 주위가 대낮처럼 밝아져 잠에서 깬 모든 사람이 그곳으로 모여들었다.

그러고는 불타는 전각 앞마당에서 벌어지고 있는 광경, 즉 화용군이 백학검사들을 무차별 주살하는 침상을 목격하고 다들 혼비백산했다.

마당에서 백학검사들을 주살하고 있는 사람이 바로 태산 남쪽 관도상에서 일 대 육백의 대혈전을 벌여 적들을 모조리 죽였던 그 탈명야차라는 말이 입과 입을 건너 삽시간에 모두에게 퍼졌다.

화용군이 정말 야차처럼 백학검사들 속에서 좌충우돌 화광충천하는 밤하늘에 피분수를 뿌리고 있는 동안 수많은 생도들과 숙수, 하녀, 하인들이 전쟁 통에 피난 가듯이 백학무숙을 빠져나갔다.

그렇지만 백학검사들은 도망치지 않고 속속 모여들었다.

백학무숙에는 세 부류의 무사들이 있는데, 백학무숙 전체를 담당하는 백학검사와 그보다 높은 신분인 선우각을 지키는 선우검사, 그리고 사범들이다.

백학검사는 이백여 명이고 선우검사 백오십 명, 그리고 사범이 칠십 명 도합 사백이십여 명의 대단한 수다.

불타는 전각 앞마당에 그들이 꾸역꾸역 모이고 있는 이유는 우스울 정도로 단순무지하다.

한복판에서 혼자 좌충우돌하며 백학무숙의 검사들을 죽이

고 있는 화용군의 모습이 포위망을 겹겹이 형성한 바깥에서는 보이지 않기 때문에 안쪽에서 무슨 일이 벌어지고 있는지 모르기 때문이다.

남천문의 백호전주를 비롯한 최정예 백의고수, 황의고수들과 남천고수, 그리고 혈명단 최고의 살수인 혈명십살과 혈명살수, 감태정 일행 등 육백여 명과 일대일로 싸워서도 이긴 화용군이다.

그러니 이 정도 백학무숙의 졸개들을 상대하는 것은 싸움 같지도 않았다.

그는 태산 남쪽 관도상 싸움 후반에서부터는 야차도 하나만 사용했었다.

그전까지만 해도 왼손의 검으로 방어를 하고 오른손의 야차도로 공격을 했었는데 우연찮게 검을 잃고 나서 야차도 하나만 사용한 것이다.

처음에는 방어를 하지 못해서 당황스럽게 허둥거리다가 몇 군데 상처를 당했었다.

그러나 시간이 지나고 싸움이 거듭될수록 야차도 하나만 사용하는 것이 편리할 뿐만 아니라 더 많은 적을 죽일 수 있다는 사실을 깨닫게 되었다.

일테면 왼손에 검을 쥐고 있으면 의례히 검으로 방어를 하고 야차도로 공격을 하게 되는데, 검이 없으니까 처음부터 끝까지 야차도로 공격일변도로만 싸우게 된다는 사실을 깨달았다.

사실 그는 워낙 무공이 고강하기 때문에 방어가 그다지 필요하지 않았다.

설혹 방어가 필요한 상황이 발생하면 그에 마땅한 해답을 찾아냈다. 즉 상대의 공격보다 먼저 그자를 죽이면 되는 것이다.

말하자면 지금까지 그는 검이 필요하다고만 생각했었는데 정작 검이 없으니까 실력이 더 고강해졌다.

그래서 제남으로 오는 도중에 검을 구할 기회가 있었는데도 불구하고 일부러 구하지 않았었다. 앞으로는 야차도 하나만 사용할 생각이기 때문이다.

슈슈슉―

야차도가 왼쪽에서 오른쪽 수평으로 흘렀다.

하지만 빠른 눈을 갖고 있는 고수라면 야차도가 전방 백학고수들의 급소를 향해서 빛처럼 빠르게 찌르면서 오른쪽으로 흐르고 있다는 사실을 알 터이다.

왼쪽에서 오른쪽, 아니면 오른쪽에서 왼쪽, 그리고 위에서 아래. 그런 식으로 한 번의 긋기가 끝나면 어김없이 대여섯 명의 적이 목이나 미간, 심장이 퍽퍽 뚫려서 피를 뿜으며 거꾸러졌다.

퍼퍼퍼퍼퍽!

"끅!"

"커흑!"

처음에 포위망 가장 안쪽의 백학검사들은 화용군을 공격했으나 지금은 물러서기에 급급하다.

공격다운 공격조차 제대로 해보지 못하고 그가 한 바퀴 돌면서 야차도를 휘두를 때마다 십여 명씩 거꾸러지다가 이제 희생자의 수가 오십여 명에 육박하게 되니까 사태의 심각성을 깨달은 것이다.

죽이는 화용군도 도망치기 급급한 백학검사들도 시체들을 밟고 핏물에 발이 빠졌다.

그래서 제일선의 백학검사들이 겁을 집어먹고 후퇴를 하려는데 제이선의 포위망에 막혀서 뜻을 이루지 못하고 한데 뒤엉켰다.

그러고는 뒤늦게 한복판의 참상을 깨달은 제이선 포위망의 백학검사들이 몸을 돌려 도망치려다가 제삼선에 부딪쳐서 자기들끼리 아비규환에 빠져 버렸다.

"으아! 비켜라! 이놈들아!"

"죽기 싫으면 물러서라!"

급기야 포위망 안쪽의 백학검사들은 화용군을 공격할 생각은 하지 않고 오히려 포위망 바깥쪽 동료들에게 악다구니를 퍼부으며 몸싸움을 벌였다.

그런 상황에 화용군이 백학검사들을 죽이는 것은 들판에

서 풀을 베는 것만큼이나 쉬웠다.

슈웅—

살심이 크게 솟구쳤기 때문에 자신도 모르는 사이에 금강야차명왕의 모습으로 화한 화용군은 야차도를 전방을 향해 힘껏 쏘아냈다.

일전에도 그랬듯이 그가 금강야차로 화하면 심성도 포악하게 변하게 마련이다. 아비규환 속에서 비명을 지르면서 도망치려고 발버둥치는 사람들을 닥치는 대로 찌르고 벴다.

퍼퍼퍼퍽! 파파아아—

야차도 도첨에는 두 치 길이의 칼날이 있어서 그곳으로 급소를 살짝만 베어도 여지없이 고꾸라진다.

싸움이 시작된 지 채 반각도 지나지 않아서 화용군 주위에 살아 있는 사람은 한 명도 남아 있지 않았다.

바닥은 한바탕 소나기가 쏟아진 직후처럼 질척거렸는데 비 때문이 아니라 죽은 자들이 쏟은 피 때문이다.

죽어서 쓰러져 포개져 있는 자의 수는 백여 구에 이르고, 지금도 화용군이 한 번 야차도를 휘두를 때마다 어김없이 대여섯 명씩 죽어 자빠지고 있다.

제45장

———

탈명야차(奪命夜叉)

휘스스……

스산한 밤바람이 부는 마당 한가운데 화용군이 혼자 서 있고 그의 주변에는 시체들이 수두룩하게 깔렸으며 핏물이 강이 되어 흘렀다.

금강야차의 모습이 사라지고 본래의 모습으로 돌아온 그는 밤바람에 옷자락과 풀어헤친 반백의 머리카락을 휘날리면서 고고하게 우뚝 서 있다.

으스름 차가운 월광 아래 절세의 용모를 빛내면서 오른손에 핏물을 뚝뚝 흘리는 야차도를 땅으로 향한 채 서 있는 그의 모습은 섬뜩한 아름다움이다.

백학검사들은 화용군으로부터 십여 장이나 물러나 둥글게 원을 형성한 채 모여 있는데, 그가 동료를 백 명 이상 죽였는데도 지독히도 무서워서 감히 공격할 엄두를 내지 못하고 있다.

그렇지만 화용군에게서 멀리 도망가지도 않았다. 그에 대한 공포심과 죽은 동료들에 대한 연민과 원한 사이에서 갈등하고 있기 때문이다.

꽁지 빠지게 도망친 자는 백 명 정도고, 이곳에 남아 있는 자는 이백여 명이다.

그들 중에 절반은 화용군의 만행에 분노를 금치 못하면서도 감히 덤벼들지 못하는 자들이고, 나머지 절반은 도망칠 기회를 놓친 자들이다.

쉬익—

그때 화용군이 느닷없이 한쪽 방향으로 쏜살같이 쏘아가면서 야차도를 내던지자 그쪽에서 한바탕 시끄러운 소란이 벌어졌다.

"으아앗! 공격한다!"

"반격하라!"

"비켜라! 나는 죽기 싫다!"

화용군을 맞이하여 싸우려는 자들과 도망치려는 자들이

한데 엉켜 난리가 났다.

슈웅—

퍼퍼어억!

"커윽!"

"크억!"

화용군이 공력을 실어 쏘아낸 야차도는 그들 한가운데를
일직선으로 뚫으면서 겹쳐 있던 세 명의 몸뚱이를 차례로 관
통했다.

팟—

질주하던 화용군이 갑자기 그 자리에 뚝 멈추더니 오른팔
을 거세게 휘저으며 우뚝 선 자세에서 몸을 회전시키면서 원
을 그렸다.

파아아—

"끄아악!"

"흐으악!"

그러자 포위망 바깥까지 일직선으로 쏘아나갔던 야차도가
커다란 원을 그리며 회전하면서 천심강사가 그 안에 서 있던
자들의 몸뚱이를 가차 없이 자르기 시작했다.

그 광경은 마치 화용군이 제자리에서 한 바퀴 돌면서 십여
장 길이의 거대한 칼을 휘둘러서 수수깡을 뭉텅이로 베는 것
같은 광경이다.

"멈춰라—!'

그때 한쪽 방향에서 세 사람이 나는 듯이 달려오면서 고함을 질렀다.

그들은 두 명의 청년과 한 명의 소녀이며 하나같이 어깨에 검을 메고 있다.

그러나 화용군은 듣지 못한 듯 회전하는 것을 멈추지 않았으며, 그가 두 바퀴 회전을 하고 멈추었을 때 장내에 서 있는 사람은 그를 비롯하여 십여 명뿐이었다.

그 십여 명은 처음부터 야차도가 미치지 못하는 원 밖에 있었던 자들이며 구사일생 목숨을 건졌다.

처척—

그때 먼 곳에서 달려온 이남일녀가 그곳에 도착하여 대경실색한 표정을 지었다.

삼백여 구의 시체가 마당을 가득 뒤덮고 있으며, 피가 냇물을 이루어 흐르고 있는 광경은 지옥도(地獄圖)에 다름이 아니었다.

더구나 방금 전에 죽은 이백여 구는 죄다 몸뚱이가 양단되어 죽었으니 내장이 흘러나와 땅을 뒤덮어 도살장이 따로 없는 광경이다.

"우욱……."

"우웩!'

그걸 보며 두 명의 청년은 오만상을 찌푸리고 소녀는 고개를 돌리고 허리를 꺾으며 토악질을 했다.

그러나 이남일녀는 자신들을 향해서 천천히 걸어오고 있는 화용군을 보고는 흠칫 몸을 떨었다.

일남일녀는 남매이고 또 한 명은 사촌 사이인 이들은 재빨리 서로의 얼굴을 쳐다보았다.

화용군이 다가오고 있는데 어떻게 해야 하는지 서로에게 묻는 것이다.

그렇지만 이십 대 초반에서 중반까지의 젊은 그들에게 이런 상황에서의 해결책이 있을 리 만무하다.

한 가지 분명한 것은 세 사람의 얼굴에 극도의 공포와 갈등이 가득 떠올라 있다는 사실이다.

그들은 화용군을 극도로 무서워하고 있다. 마당에 벌어져 있는 참상을 보면서도 공포에 질리지 않는다면 인간이 아닐 터이다.

그리면서도 도망치지 않는 것은 그 자신들은 감태정의 손자로서 눈앞에서 벌어진 상황을 모른 체할 수 없다는 사명감 때문이다.

이남일녀가 발바닥에 뿌리가 내린 듯 그 자리에서 머뭇거리고 있을 때 어느덧 화용군이 그들의 다섯 걸음까지 다가와서 멈추었다.

세 사람은 화용군을 쳐다보다가 자신도 모르게 몸을 후드득 떨었다.

화용군이 사람으로 보이지 않았다. 훤칠한 키와 늘씬한 체구에 반백의 긴 머리카락을 흩날리고, 옥처럼 희고 절세적인 용모를 지녔지만 얼굴과 온몸에서 잔인한 기운이 스멀스멀 흘러나오고 있기 때문이다.

"아……."

세 사람 중에 십구 세인 소녀는 화용군을 쳐다보는 것만으로 충격을 받아 다리에 힘이 풀려 비틀거렸다.

"너희는 누구냐?"

화용군은 이들의 용모나 행색으로 미루어 평범한 백학검사는 아닐 것이라고 짐작했다.

세 사람 중에 연장자인 이십칠 세 감보궁(坎普宮)은 화용군의 물음에 정신을 차렸다.

백학무숙의 주인 된 신분으로 겁에 질려 있는 것이 부끄러운 짓이라 여겼다.

"우리는 백학무숙의 소관주(小館主)들이다!"

감보궁은 자못 당당하게 가슴을 내밀었다. 자신들의 신분을 알면 이 눈앞의 살인마가 주눅이 들 것이라고 매우 어리석은 착각을 한 것이다.

"소관주?"

"그렇다. 대관주이신 감태정이 우리의 조부이시다!"

감보궁의 목소리에 힘이 들어갔다. 그리고 나머지 두 명도 정신을 차리고 목에 핏대를 세웠다.

"네놈은 대체 누구기에 이런 만행을 저지른 것이냐?"

"네 이놈! 당장 무릎을 꿇어라!"

자고로 공포와 분노는 어느 한계를 넘으면 비슷한 느낌이 들게 마련이다. 그리고 둘 다 이성을 상실한다는 공통점이 있다.

슛—

아래로 늘어져 있던 야차도가 번뜩 허공을 가르면서 감보궁의 목을 찔렀다.

푹!

"큭!"

화용군은 감보궁의 목에서 야차도를 뽑으면서 그 옆에 서 있는 또 다른 청년을 보며 잔인한 얼굴로 중얼거렸다.

"내가 누군지 궁금하냐?"

"흐으으… 그… 그렇다……."

청년은 감보궁이 자신의 목을 두 손으로 감싸고 손가락 사이로 피가 콸콸 쏟아지는 것을 보면서 온몸을 와들와들 떨었다.

"나는 화용군이라고 한다."

"화용군이 누구……."

정신이 다 나가 버린 청년은 화용군이라는 이름이 누구인지 알아듣지 못했으나 그 옆의 소녀가 커다란 눈을 더욱 크게 뜨며 기겁하면서 중얼거렸다.

"오… 옥면야차……."

세간에는 화용군을 두고 두 개의 별호가 나도는데, 남자들은 탈명야차라 하고 여자들은 옥면야차라 부른다.

여자들은 그를 무서워하면서도 절세적인 용모를 지녔다는 사실에 더 큰 매력을 느끼기 때문이다.

하기야 화용군이 그런 별호를 얻은 것은 남자들을 죽였기 때문이지 여자들을 죽인 것은 아니었다.

소녀가 옥면야차라고 말했으나 청년은 탈명야차라고 알아듣고 몸이 후르륵 떨었다.

"탈… 명야차……."

푹!

"캑!"

야차도가 청년의 목을 찔렀다.

"앗!"

소녀는 화들짝 놀라 펄쩍 뛰듯이 뒤로 두 걸음 물러났다가 엉덩방아를 찧으며 주저앉았다. 그녀의 아리따운 얼굴은 새하얗게 질렸다.

"아아……."

그녀는 사촌 오빠의 목 뒤로 피에 흠뻑 젖은 야차도가 한 뼘이나 튀어나온 것을 바라보며 온몸을 와들와들 떨었다. 떨려고 떠는 것이 아니라 저절로 떨렸다.

츄욱―

그녀가 공포에 질려서 보고 있는 중에 사촌 오빠의 목에서 야차도가 뽑히자 뻥 뚫린 목의 앞뒤 구멍으로 피가 분수처럼 뿜어졌다.

그리고 뒷목으로 뿜어진 피가 땅에서 떨어졌다가 소녀의 몸으로 튀었다.

"아앗……!"

그녀는 화들짝 놀라 반사적으로 화용군을 쳐다보다가 안색이 새하얗게 질렸다.

화용군이 오른손의 야차도를 치켜들고 있는 모습을 본 것이다. 그 동작은 누가 보더라도 소녀를 죽이려고 하는 게 분명했다.

후다닥!

"주… 주인님……."

그러자 소녀는 갑자기 화용군 발 앞에 몸을 던져 엎어지면서 울부짖었다.

평소의 그녀였다면 대백학무숙 대관주의 손녀인 자신이

죽는 것이 두려워서 이런 어이없는 행동을 취할 것이라고는
추호도 예상하지 못했을 것이다.

"살려주세요, 주인님……. 살려만 주시면 무엇이든지 시키
는 대로 하겠어요……."

그녀는 공포에 질린 나머지, 그리고 죽고 싶지 않다는 처절
한 심정에 모든 것을 내던지고 애걸했다.

눈물과 콧물이 얼굴을 뒤덮어 흘렀다. 그녀가 한 말은 진심
이다. 자신이 한 말처럼 화용군이 살려주기만 한다면 무슨 짓
이라도 할 각오다.

설혹 그가 그녀의 순결을 원한다면 아낌없이 바칠 수 있다.
순결하고 목숨은 비교 자체가 되지 않는다. 백 개의 순결이
있다면 다 줄 수 있다.

평소에 순결은 목숨만큼 소중한 것이라고 배웠으며 그녀
도 목숨을 걸고 순결을 지킬 각오였으나, 실제 냉엄한 현실에
부닥치고 보니까 순결 따위는 개도 물어가지 않을 값싼 것이
었다.

화용군은 야차도를 치켜든 자세로 그녀를 묵묵히 무표정
하게 굽어보았다.

그는 그녀를 죽일 생각이었다. 그런데 그녀가 갑자기 목숨
을 애걸할 것이라고는 미처 생각하지 못했다.

지금까지 그는 살려달라고 애원하는 사람을 죽여본 적이

한 번도 없었다.

"으흑흑흑… 소녀는 죽기 싫어요… 너무 무서워요……. 제발 살려주세요……."

화용군은 그녀를 한동안 물끄러미 굽어보다가 야차도를 쥔 오른손을 내렸다.

그가 아무 말도 하지 않자 소녀는 그의 발등에 입을 맞추면서 눈물을 뿌렸다.

"흑흑흑… 살려주신다면 평생 주인님의 종이 되어 극진히 모시겠어요… 흑흑……."

화용군은 이미 그녀에 대해서 살의(殺意)를 잃었다. 살려달라고 애걸복걸하는 여자를 죽이고 싶지는 않았다.

그는 천천히 주위를 둘러보고는 살아 있는 사람이 한 명도 없음을 확인하고 야차도를 소매 안에 수습했다.

"너는 누구냐?"

그의 냉랭한 목소리가 뒤통수에 떨어지자 소녀는 화들짝 놀라더니 즉시 아뢰었다.

"소녀는 감민정(坎珉晶)이라 하고 십구 세이며 감태정의 외손녀입니다."

"감태정은 어디에 있느냐?"

"외조부께선 아직 돌아오시지 않았어요."

화용군은 감민정을 살려두는 것도 쓸모가 있을 것이라는

생각이 문득 들었다.

곁에 두면 죽이는 것은 언제라도 할 수 있으니 일단 살려두기로 마음먹었다.

"살려주면 무슨 짓이라도 하겠느냐?"

감민정은 고개를 들고 그를 우러러보며 두려움에 질린 얼굴에 눈물을 흘리면서 말했다.

"소녀 목숨을 구걸하고는 있지만 지금껏 한입으로 두말을 한 적이 없습니다. 만약 주인님을 배신하는 마음이라도 품었다면 소녀 스스로 혀를 깨물고 자결하겠습니다……!"

슥—

화용군은 몸을 돌렸다.

"가자."

"네, 주인님."

목숨을 구함받은 감민정은 즉시 일어나 화용군의 뒤를 총총히 따랐다.

화용군의 복수는 아직 끝나지 않았다. 그의 복수는 감태정을 죽여야지만 끝날 터이다.

그는 백학무숙을 나와서 호숫가로 뻗은 곧은길을 따라서 내려갔다.

뒤에서 감민정이 반 장 거리를 두고 따랐다. 그는 감민정이 급습을 할 확률이 구 할이며 그럴 경우에 죽여 버리면 그만이라고 생각했다.

그녀는 어깨에 검을 메고 있지만 화용군이 황하유가 무정루에 도착할 때까지 조용히 따르기만 할 뿐 급습할 기미를 보이지 않았다.

＊　　　＊　　　＊

화용군이 탈명야차 혹은 옥면야차라는 별호를 얻게 된 지 나흘 만에 제남은 물론 천하 대강남북을 발칵 뒤집어놓는 일이 벌어졌다.

탈명야차가 개방 제남분타를 피로 씻었으며, 백학무숙을 멸문시켰다는 소문이다.

무림에서는 지난 몇 백 년 동안 이런 일이 한 번도 없었기에 탈명야차에 대한 소문은 눈덩이처럼 불어나며 천하를 진동시켰다.

살수 집단인 혈명단을 제외하면 남천문과 백학무숙, 그리고 개방은 다 백도, 즉 정파에 속한다.

그러므로 당연히 구파일방을 중심으로 한 정파에서는 이 일을 묵과할 수가 없게 되었다.

또한 탈명야차가 무당파 속가제자인 구주검협 단운택이 세운 구주무관 출신이라는 사실 때문에 무당파가 곤란한 입장에 처했다.

그래서 무당파에서는 장로 한 명과 무당제자 십여 명을 무림으로 내보내 이 일을 수습하도록 했다.

*　　　*　　　*

매우 중요한 사실 중에 하나는 탈명야차 혹은 옥면야차라는 별호가 무림을 진동시키고 있지만 그의 얼굴을 직접 본 사람은 극소수라는 사실이다.

왜냐하면 그를 본 사람은 거의 대부분 그에게 죽음을 당했기 때문이다.

또한 이 년 전에 남천문이 화용군에게 현상금을 걸었던 일도 이제는 거의 퇴색하여 기억하는 이가 없는 상황이라고 방방이 말했었다.

그 덕분에 화용군이 제남 성내를 활보하고 다녀도 그를 알아보는 사람이 거의 없었다.

더러 알아보는 사람이 있기는 하지만 그들은 그를 구주무관의 강호 사범으로 알고 있을 뿐이다.

다음 날 아침.

화용군은 구주무관 죽림 앞에 무애와 야조, 나운향 가족 세 사람과 곽림 가족 세 사람 도합 여덟 명을 묻었다.

사부와 사형, 누나의 봉분 뒤쪽에 무애와 야조, 나운향 가족, 곽림 가족의 새 봉분을 마련했다.

화용군을 따라서 은지화와 소작루의 보영, 미조, 그리고 화용군의 종을 자처한 감태정의 외손녀 감민정이 따라왔다.

은지화는 화용군의 수하의 신분으로서, 보영과 미조는 화수혜의 봉분을 보러, 그리고 감민정은 화용군의 종으로서 따라온 것이다.

무정루 소속의 무사 십여 명이 와서 땅을 파고 관에 담긴 시신을 묻고 봉분을 만드는 전 과정을 해주었기 때문에 화용군은 손에 흙을 묻히지 않았다.

보영과 미조는 소작루에서부터 갖고 온 술과 약간의 요리를 화수혜의 봉분 앞에 차리고는 향을 피운 후에 절을 올리며 소리 죽여 흐느껴 울었다.

화용군은 무애와 야조, 나운향 가족, 곽림 가족을 모두 땅에 묻고 봉분을 만든 후에 다 함께 합동으로 제를 올렸다.

구주무관 죽림 앞은 이제 화용군에게 가족이나 다름이 없었던 사람들의 가족묘가 되었다.

보영과 미조는 화수혜의 봉분 앞을 떠나지 않고 화용군의 일에는 신경을 쓰지 않았다.

화용군이 제를 올리고 절을 할 때도 은지화가 집사 역할을 해주며 같이 망자의 명복을 빌어주었다.

"혹시… 외조부께서 저들을 죽였나요?"

화용군이 봉분 뒤쪽의 죽림 속을 하릴없이 이리저리 거닐고 있을 때 감민정이 뒤따르면서 조심스럽게 물었다. 그녀가 '저들'이라는 것은 봉분을 가리키는 것이다.

화용군은 걷는 것을 멈추고 대나무 사이로 봉분 쪽을 쳐다보며 중얼거렸다.

"그렇다."

감민정은 그의 옆에 서서 착잡한 표정을 지었다.

"전부… 말입니까?"

"한 사람만 빼고 다 감태정 혹은 백학무숙이 죽였다."

"아…….."

감민정은 쓰라린 탄성을 토해냈을 뿐 별다른 말은 하지 않았다.

무정루 별채 안에서 점심 식사를 한 후에 화용군이 은지화에게 말하고 있다.

"부탁할 일이 있다."

푹신한 호피의에 몸을 묻고 있는 화용군 앞에 다소곳이 서 있는 은지화는 깜짝 놀라더니 공손히 말했다.

"부탁이라뇨? 명령을 내리세요."

감민정은 호피 옆 바닥에 무릎을 꿇고 있으며 영락없는 종의 자세다.

그녀가 그러고 있는 것에 대해서 화용군은 가타부타 아무 말도 하지 않았다.

"알았다."

화용군은 고개를 끄떡인 후에 말을 이었다.

"용군단에서는 정보나 소문에 대한 수집을 어떻게 하고 있느냐?"

"초창기에는 각 지방의 하오문을 이용했지만 차츰 장사를 하는 데 있어서 정보가 중요하다는 사실을 깨달아 이후에는 용군단 자체 내에 광성전(廣星殿)이라는 조직을 두어 정보 수집을 담당하게 했어요."

"음."

"광성전은 각 지방의 하오문들을 휘하에 두고 있기 때문에 정보에 있어서만큼은 개방을 능가한다고 자부해요."

화용군은 잠시 뭔가를 생각하다가 입을 열었다.

"세 가지에 대해서 알아봐다오."

"말씀하세요."

"내 사매인 단소예와 수하인 반옥정을 찾아다오."

화용군은 은지화에게 단소예와 반옥정의 용모와 특징, 그녀들이 실종되었던 시기와 사건의 전말에 대해서 자세히 설명했다.

은지화는 지필묵을 가져다가 중요한 것들은 기록을 하면서 진지하게 들었다.

"그리고 동명왕에 대해서 알아봐다오."

"명을 받들겠어요."

은지화는 공손히 허리를 굽혔고, 감민정은 그녀를 물끄러미 응시했다.

감민정은 방금 화용군이 단소예에 대해서 설명하는 과정에서 구주무관이 어떻게 몰살당했는지 자세히 알게 되었다.

그녀는 외조부 감태정에 대해서 전혀 모르고 있지는 않았다.

오빠들이나 부모, 백, 숙부들의 대화에서 외조부가 여러 일을 꾸미고 있으며 더러는 악행에도 직접 개입하고 있다는 느낌을 받았었다.

그랬기에 외조부가 구주무관을 몰살시키라고 혈명단에 청부했다는 화용군의 말을 들었을 때 그다지 놀라지 않았다.

감민정은 자세한 것은 모르지만 외조부가 혈명단에도 깊이 개입되어 있다는 사실을 어렴풋이나마 알고 있었다.

은지화가 물러간 후에 화용군은 별채 침실에서 두어 시진

동안 깊은 잠을 잤다.

그가 자는 동안 감민정은 침상 옆 바닥에 무릎을 꿇고 앉아 있다가 옆으로 살며시 누워 웅크리고 잤다.

감민정은 어깨에 항상 검을 메고 있지만 깊이 잠든 화용군을 죽이려는 생각은 하지 않았다.

그를 죽이고 싶은 마음 자체가 생기지 않았다. 지금은 그저 화용군에 대한 두려움과 백학무숙의 멸문에 대한 절망감, 외조부 감태정과 그 일족이 저지른 악행에 대해서 곱씹어 생각하고 있을 뿐이다.

잠에서 깬 화용군은 무정루를 나와 바로 옆의 소작루로 향했다. 물론 감민정이 그를 따랐다.

바깥은 어느덧 캄캄해졌는데 소작루 앞에는 여러 명의 기녀가 나와서 호객을 하고 있었다.

하지만 그녀들 중에 보영이나 미조가 보이지 않아 화용군은 소작루 안으로 성큼 들어갔다.

소작루는 황하유가에서 중급 정도 규모다. 무정루에 비하면 삼 할 정도 규모지만 그 정도로도 한 번에 이백 명 이상의 손님을 받을 수 있다.

화용군 소작루 안에서 제일 먼저 마주친 하녀인 듯한 여자에게 보영을 만나러 왔다고 말했다.

"보영 언니는 손님을 받지 않아요."

"왜 그렇소?"

"나이가 많고 몸이 많이 허약해져서 손님을 받을 수가 없어요. 그래서 조만간 여길 떠날 거예요. 보영 언니는 현재 보모(鴇母:포주)를 하고 있어요."

화용군은 자세히 설명해 준 기녀의 손에 은자 한 냥을 슬쩍 쥐어주었다.

"그녀를 불러주겠소?"

잠시 후에 보영이 계단을 구르듯이 달려 내려오면서 화용군에게 반갑게 소리쳤다.

"군아!"

"누님, 접니다."

몹시 허약한 보영은 하녀의 전갈을 듣고 용모가 틀림없이 화용군이라는 생각에 기뻐서 달려오느라 숨이 턱까지 찼고 얼굴이 하얘졌다.

"네가 여긴 웬일이냐?"

사실 보영은 화용군이 다시는 자신을 찾아오지 않을 것이라고 생각했었다. 볼일이 다 끝났으니까 찾아올 이유가 없기 때문이다.

화용군은 빙그레 미소 지으며 보영을 부축했다.

"누님 뵈러 왔지요."

"그래……."

객지에서 기녀 생활 십이 년에 남은 건 병든 몸뚱이와 한숨, 눈물뿐인 그녀는 화용군의 말에 눈물을 글썽였다.

"누님 방에서 한잔 마시지요."

보영은 손사래를 쳤다.

"아니다. 내가 소작루 제일기녀를 불러주마. 다 늙고 병든 내가 무슨 재미가 있겠느냐?"

"누님 방이 어디요? 어서 올라갑시다."

화용군은 그녀를 부축하여 계단을 올라갔다. 그녀를 번쩍 안고 싶지만 보는 눈들이 있어서 참았다.

그와 가까이 지냈던 사람들은 혈검비 반옥정 한 사람을 빼놓고 이미 다 죽었다.

어쩌면 반옥정도 죽었을지 모른다. 아직까지 돌아오지 않는 걸 보면 그럴 가능성이 크다.

화용군이 직접 나서서 찾고 싶으나 그녀가 어디에 있는지 짐작조차 할 수가 없다.

"군아, 내 방은 바깥이다."

화용군에게 떠밀려서 계단을 오르던 보영이 몸을 세웠다.

보영의 방은 소작루 뒷마당에 있는 하녀와 숙수들이 묵는

이 층 건물 중에 하나였다.

좁고 어두침침한 그 방도 보영 혼자가 아니라 하녀 둘과 함께 쓰고 있다는 것이다.

"누추하지?"

보영은 멋쩍게 웃었다.

"오늘 술은 내가 낼 테니까 너는 가만히 있어라."

"네, 누님."

"그래야 착하지."

그녀는 술과 요리를 가지러 잠시 밖에 나갔다.

마땅히 앉을 만한 의자나 탁자가 없어서 화용군은 바닥에 앉았고 그 옆에 거의 붙다시피 감민정이 무릎을 꿇고 앉아서 조심스럽게 실내를 두리번거렸다.

한쪽 벽 쪽으로 낡은 침상 두 개가 놓였고 하나는 그 옆의 벽으로 꺾여서 놓여 있다.

구석에는 나지막한 옷장 세 개가 있는데 이곳에 거주하는 세 사람의 것인 듯했다.

부유하게만 살아온 감민정은 한 사람이 지내기도 좁은 이런 곳에서 어떻게 사람이 세 명씩이나 부대끼면서 살 수 있는지 이해할 수가 없었다.

누추하기 짝이 없는 방 한가운데에 술상이 차려졌다.

어디선가 구해 온 듯한 앉은뱅이 탁상에는 그래도 술과 몇 가지 안주가 구색을 갖추어 차려져 있다.

탁상 둘레에는 화용군과 보영, 미조가 앉았으며 감민정은 화용군의 뒤에 앉아 있다.

방이 좁아서 무릎을 꿇고 앉아 있는 감민정의 무릎이 화용군 둔부에 닿았다.

그녀는 그의 둔부에 닿은 무릎을 떼려고 자꾸만 옴찔거리는데도 자꾸만 닿았다.

미조는 화용군이 왔다는 말에 오늘 밤 영업도 하지 않고 한달음에 달려왔다.

보영은 자신이 모아놓은 돈으로 술과 요리를 내오려고 했는데 미조가 그걸 알고 주방으로 가서 직접 술과 요리들을 챙겨서 왔다.

"저분 소저는 누구냐?"

맞은편에 앉은 보영이 감민정을 보면서 궁금한 듯 물었다.

"누님은 신경 쓰시지 않아도 됩니다."

"군이 너와 함께 온 것으로 봐서 남이 아닐 텐데 그러면 못쓴다."

미조도 거들었다. 그녀는 손을 뻗어서 감민정의 팔을 잡고 화용군 옆자리로 끌었다.

"보영 언니 말이 맞아요. 이리 가까이 와서 우리랑 같이 어울려요."

감민정은 쭈뼛거리면서 화용군의 눈치를 살폈다. 그녀는 형편없는 이런 술자리에 끼고 싶지 않지만, 화용군이 어떤 생각일지 몰라서 망설였다.

"가까이 와라."

화용군의 명령이라면 목숨까지 내놓겠다고 맹세했었던 감민정이다.

그 마음은 지금도 변함이 없다. 그때 백학무숙 마당에 펼쳐져 있던 광경과, 그녀 앞에서 죽어간 오빠와 사촌 오빠의 모습이 아직도 생생하다.

그래서 화용군에 대한 공포가 지금 이 순간도 추호도 사라지지 않았다.

화용군에게 원한을 느끼지 않는 것은 아니지만 지금은 공포가 훨씬 더 커서 원한마저도 뭉뚱그려져서 복종심으로 발현하고 있다.

"누님 고향은 어딥니까?"

술이 몇 순배 돌아 분위기가 좋아지자 화용군이 보영에게 넌지시 물었다.

"부양(富陽)이란 곳이야."

쓸쓸하게 대답하는 보영을 보며 화용군이 깜짝 놀랐다.

"항주 인근 전당강(錢塘江)가의 부양 말입니까?"

"그래. 수혜는 항주 사람이고 내 고향은 부양이라서 둘이 친해진 거였지."

화용군은 조심스럽게 물었다.

"고향에는 누가 계십니까?"

보영의 목소리가 고즈넉해졌다.

"어머니하고 여동생. 그리고 혼인한 오빠네 식구들……."

"가족들이 있는데 왜 고향에 가지 않습니까?"

"……."

화용군이 직설적으로 묻자 보영은 움찔하더니 고개를 숙이며 대답을 하지 않았다.

화용군은 그녀의 반응을 보고 괜한 것을 물었다고 자신을 책망했다.

보영은 기녀 생활을 동경해서 즐기려고 기녀가 된 것이 아닐 터이다.

필경 집안이 가난에 씨들어서 자신의 한 몸 희생하여 청루(靑樓)에 내던져 기녀가 된 것이 분명하다.

그래서 자신의 몸을 팔아 번 돈 육전(肉錢)을 고향으로 보내 가족들을 먹여 살려왔을 것이다.

그러나 이제는 나이가 들고 쇠약해져서 돈을 벌지 못하니 고향에도 돌아가지 못하는 것이 분명하다.

"죄송합니다, 누님."

화용군이 고개 숙여 사과하자 보영은 얼른 고개를 들고 눈물을 닦고는 술잔을 내밀었다.

"괜찮다, 군아. 자, 마시자."

"네, 누님."

"소저도 마셔요."

보영이 감민정의 잔에도 술을 따랐다. 그녀는 이미 대여섯 잔을 마셨다.

화용군과 보영의 관계는 알지 못하지만 그가 누님이라고 부르는 사람이 주는 술을 거절할 수 없기 때문이다.

"그런데 군아."

"네, 누님."

술을 마시고 나서 보영이 화용군을 불렀다.

"아까 아침에 너하고 구주무관에 같이 갔었던 어여쁜 소저는 누구더냐?"

"그저 아는 사람입니다."

은지화를 가리키는 것이다.

"매우 존귀한 신분인 것 같던데… 그리고 그녀가 너에게 몹시 공손하더구나."

보영이나 미조는 은지화가 소작루 바로 옆 무정루에 기거하는 용군단 제남지단주라는 사실을 까맣게 모르고 있다.

화용군은 화제를 바꾸어 미조에게 물었다.

"그대는 고향이 어디요?"

고향이라는 말에 지금껏 명랑하던 미조의 얼굴에 갑자기 그늘이 드리워졌다.

"태호(太湖) 남쪽 오흥(吳興)이라는 곳이에요."

"태호 남쪽이면 절강성 아니오?"

태호의 구 할은 강소성에 있으나 호수 남쪽 일 할이 가늘고 길게 절강성에 걸쳐 있다.

그러므로 오흥은 절강성의 도읍인 항주에서 북쪽으로 이 백여 리 떨어진 곳에 있다.

"그럼 누님 고향 가는 길목이겠구려."

"네……."

미조는 기어들 듯 대답하고는 잠시 후에 고개를 숙이고 훌쩍이면서 울었다.

화용군은 보영과 미조를 고향으로 보내야겠다고 마음먹었다.

이것도 인연이라면 인연이다. 화용군이 조금만 힘을 써주면 두 여자가 이곳을 벗어나 고향으로 돌아가서 행복한 여생을 보낼 수 있을 것이다.

"그만 우시오."

화용군은 왼쪽에 앉아 고개를 숙이고 흐느끼는 미조를 달

래주었다.

"흑… 그럼 천첩의 부탁 하나 들어주실래요?"

미조의 검고 그윽한 눈이 더욱 깊어졌다.

"무엇이오?"

"천첩하고 오늘 하룻밤 같이 자요."

"……."

화용군은 말문이 막혔다.

따지고 보면 그가 누나 화수혜하고 동침을 했다고 오해를 한 것이 미조하고 동침을 했기 때문이었다.

그렇지만 결과적으로 그 오해를 풀어준 사람도 미조였다. 이제는 그가 여자하고 정사를 못 할 이유가 없다.

그러나 이 정도의 이유 때문에 미조하고 다시 몸을 섞고 싶지는 않다.

보영은 분위기를 바꾸려는 듯 은근히 농을 던졌다.

"미조가 그런 쾌감 한 번만 더 느낄 수만 있으면 죽어도 좋다고 입버릇처럼 말하더니 그 사내가 바로 군아 너였을 줄은 몰랐다."

"누님……."

기녀 생활 십이 년차의 보영은 입담이 센 편이다.

"기녀들은 숱한 사내를 만나지만 정작 정사를 하면서 쾌락을 느끼는 기녀는 극히 드물어."

화용군은 농담 속에 뼈가 들어 있는 것 같아 잠자코 있었다.

"내가 조금만 더 젊었으면 너하고 하룻밤 몸을 섞어 진한 쾌락을 맛보련만… 쩝!"

"누님, 그만하십시오."

감민정은 세 사람의 대화를 주의 깊게 듣다가 힐끗 화용군을 쳐다보았다.

그녀의 눈에는 그가 피도 눈물도 없는 탈명야차로 보이지 않았다.

제46장

———

눈물겨운 생존 방법

　화용군이 무정루 별채로 돌아왔다는 기별을 듣고 자정이
넘은 시각인데도 불구하고 은지화가 찾아왔다.

　"아까 북경에서 왔다는 어떤 이가 서찰을 주고 갔어요. 무
정루의 상호 사범에게 꼭 전해달라더군요."

　화용군은 보영과 미조하고 술을 꽤 많이 마신 탓에 몹시 취
한 상태다.

　그러나 그는 고개를 세차게 한 번 흔들고 나서 은지화가 내
민 서찰을 받아 봉서를 뜯었다.

　잠시 후 서찰을 다 읽은 그는 슬쩍 미간을 찌푸렸다. 서찰

은 북경의 방방이 보낸 것이다.

화용군이 은지화를 통해서 방방에게 제남으로 돌아오라는 전갈을 보냈었는데 오라는 방방은 오지 않고 대신 서찰을 보내왔다.

서찰에는 방방이 빠른 시일 안에 제남으로 돌아오지 못하게 된 사연과, 개방을 비롯한 구파일방의 동향이 짧지만 자세하게 적혀 있었다.

화용군은 개방 제남분타 분타주인 흑비개를 죽이는 과정에서 그곳 분타의 개방 제자를 모두 죽였었다.

그때는 상황이 그럴 수밖에 없었다. 개방삼장로의 한 명인 취룡신개가 극구 방해를 했기 때문이다.

그런데 간신히 목숨을 건져서 북경으로 돌아간 취룡신개가 화용군을 잡아서 죽여야 한다고 목소리를 높이고 있다는 것이다.

그 과정에 화용군하고 친한 방방에게 화살이 돌아와 그가 제남에 돌아가려는 것을 막는 것은 물론이고 북경 총타에서 근신토록 했다는 것이다.

그리고 조만간 구파일방의 대표들이 북경에서 회동을 하기로 했다는 내용도 서찰에 적혀 있었다.

그들이 모이는 이유는 물론 탈명야차를 어떻게 할 것인지 논의를 하기 위해서다.

구파일방 대표들의 회동에 대한 것을 추후에 또 알려주겠다는 내용으로 서찰은 끝났다.

"무슨 일이에요?"

은지화가 궁금한 표정을 지었다.

사람이 천 명이라면 천 명이 다 제각각의 용모와 성격을 지녔다고 해서 천태만상(千態萬象)이라고 한다.

그런 점에서 은지화는 지금까지 화용군이 만났던 여자들 중에서 가장 특이한 여자라고 할 수 있을 것이다.

은지화는 화용군의 수하로서 흠잡을 데 없이 완벽하면서도 또한 친근한 지인이나 가족처럼 살갑게 굴었다.

대부분의 사람은 수하면 수하, 지인이면 지인, 자신의 위치를 구별하는데 그녀는 달랐다.

달리 말하자면 공과 사가 분명하다는 것이다. 그녀는 수하일 때는 깍듯하게 행동했으며, 지인일 때는 친근하게 가까이 다가왔다. 지금처럼 말이다.

슥

화용군은 대답하는 대신 서찰을 그녀에게 건넸다.

사실 화용군은 방방이 보낸 서찰의 내용에 대해서는 조금도 신경을 쓰지 않는다.

단지 취룡신개를 죽이지 않은 것을 조금 후회하는 정도다. 취룡신개가 싸울 의사가 있었다거나 공포에 질린 모습만 보이지 않았어도 죽였을 것이다.

하지만 화용군은 싸울 의사가 전혀 없으며 게다가 겁에 질려 있는 사람을 죽이는 것은 특수한 경우를 제외하곤 마뜩치 않다. 감민정이 좋은 예다.

"은지화."

"화야, 라고 부르시면 듣기 좋을 거예요."

화용군이 은지화를 부르자 그녀가 서찰을 접으면서 배시시 미소 지었다.

"화야."

"말씀하세요."

그녀는 화용군이 자신의 말에 따라주자 기뻐서 콧노래를 부르는 듯한 표정으로 말했다.

"거처를 옮기고 싶다."

예상하지 않았던 말에 은지화는 깜짝 놀라더니 이윽고 고개를 끄떡였다.

"알았어요. 천첩이 알아보겠어요."

그녀는 화용군이 무엇 때문에 무정루가 아닌 다른 거처를 원하는지 이유를 짐작했다.

그녀가 아는 바로는 화용군 가까이 있던 사람들은 모두 죽음을 면치 못했다.

그녀가 직접 본 것만 해도 무애, 야조를 비롯한 나운향 가족과 곽림 가족이 그랬다.

화용군이 무정루에 계속 머물게 된다면 만에 하나 그에게 악심을 품고 있는 누군가 무정루 사람들에게 해코지를 할지도 모른다.

그러므로 이것은 은지화가 그를 무조건 붙잡는다고 해서 될 일이 아니다.

그와 무정루를 위해서 그의 거처를 다른 곳에 잡는 것은 바람직한 일이다.

"그리고……."

은지화는 무슨 말을 하려다가 화용군 옆에 무릎 꿇고 있는 감민정을 쳐다보았다.

은지화는 그녀가 누군지는 모르지만 무척 신경 쓰였다.

"괜찮다. 말해라."

화용군이 고개를 끄떡였으나 차제에 은지화는 감민정이 누군지 알고 싶었다.

"저 여자는 누구죠?"

"감태정의 외손녀다."

"네에?"

은지화는 놀라서 눈을 크게 떴다. 설마 화용군이 감태정의 외손녀를 측근에 두고 종처럼 부릴 줄은 꿈에도 상상하지 못했다.

화용군은 감민정을 쳐다보지도 않고 은지화에게 말했다.

"아무 말이나 해도 상관없다. 이 계집이 조금만 수틀리는 짓을 하면 죽여 버릴 테니까 말이다."

무릎을 꿇고 고개 숙이고 있던 감민정은 그 말에 후드득 몸을 떨었다.

자신이 조금만 실수를 해도 화용군에게 죽음을 당할 거라는 사실을 알고 있으면서도 그에게 직접 그런 말을 들으니까 소름이 오싹 끼쳤다.

은지화가 조금 전에 하려던 말을 했다.

"상단주께서 내일쯤 제남에 도착하실 거예요."

그때 감민정이 일어섰다.

"잠깐 나가 있을 게요."

이들의 비밀스러운 대화를 듣지 않으려는 것이다. 감민정이 비밀을 많이 알면 알수록 죽어야 할 이유가 충분해지기 때문이다. 그녀는 죽고 싶지 않았다.

"그냥 있어라."

하지만 화용군은 그마저도 용납하지 않았다.

"일 때문에 낙양에 가셨다가 총단주의 소식을 듣고 서둘러서 오시는 중이에요."

"알았다."

화용군은 고개를 끄떡였다.

"그리고 아까 하명하신 두 가지 중에서 동명왕에 대한 것을 급한 대로 알아냈어요."

은지화는 아까 화용군이 단소예와 반옥정, 동명왕에 대해서 알아봐 달라고 한 것을 즉시 수하에게 지시했었다.

동명왕에 대한 일은 그다지 비밀스럽지 않아서 수하가 항간에 떠도는 소문 몇 가지를 취합해서 보고를 했었다.

"동명왕 일가는 동해 고산도(高山島)라는 섬에 유배를 당했다고 해요."

"어디쯤이냐?"

"산동성 봉래(蓬萊)에서 발해만(渤海灣) 북쪽으로 사십여 리 떨어진 섬이에요."

"음."

화용군은 반사적으로 천보의 아름다운 얼굴이 떠올랐다.

"원래 섬에 사는 주민은 삼백 명 정도이고, 동명왕 일가는 마을 반대편 섬의 가장 척박한 곳에 기거한다는군요."

"지키는 자들은 없는 것이냐?"

"황군 백여 명이 지키고 있대요."

화용군은 어이없는 표정을 지었다.

"고작 황군 백여 명이 지키고 있는데 탈출하지 못한다는 것이냐?"

은지화는 씁쓸하게 대답했다.

"동명왕 일가는 모두 무술을 못 해요."

"동명고수들이 있잖으냐?"

"그들은 황명으로 해산됐다는군요."

"해산?"

그 말에 화용군은 더욱 어이가 없었다.

"동명고수들의 충성심은 쇠보다 강하다. 더구나 그들은 삼백여 명이나 되는데 뭉쳐서 섬에 진입한다면 능히 동명왕 일가를 구해낼 수 있을 것이다. 황명 따위가 동명고수들을 옭아매지는 못할 터이다."

"그게 말처럼 쉽지 않아요."

"무슨 뜻이냐?"

"이건 순전히 제 생각이에요."

은지화는 자신의 개인적인 생각임을 전제로 설명했다.

"저는 동명고수들의 충성심에 대해서는 잘 모르지만 총단주 말씀처럼 그들이 동명왕에게 목숨을 바칠 만큼 강한 충성심이 있다고 해도 몇 가지 이유 때문에 동명왕 일가를 구출하지 못하는 걸 거예요."

화용군은 은지화의 새로운 면을 보는 것 같았다. 그녀는 그가 알고 있는 것보다 훨씬 더 총명했다. 게다가 설명하는 것도 매우 조리 있다.

"첫째, 동명고수들이 반역자를 도우면 그들 역시 반역자가 될 거예요."

화용군은 동명고수들이 그까짓 게 무서워서 동명왕을 구하지 못하는 게 아닐 거라고 생각했다.

"둘째, 강제 해산을 당한 동명고수들은 무일푼일 거예요. 그까짓 돈이 무에 중요하냐고 말할 수는 없어요. 동명고수 삼백여 명이 모여서 먹고 자고 거사를 꾸미려면 꽤 많은 돈이 필요한데 황명을 거역하고 동명왕 일가를 구하고 싶어도 돈이 없어서 그러지 못하는 것 같아요."

사실 화용군은 거기까진 미처 생각하지 못했었다.

"셋째, 앞의 두 가지를 극복하고 고산도에서 동명왕 일가를 구출해 낸다고 해도 문제는 그다음이에요. 군사들과 남천고수들에게 추격당하면서 그들이 어디에 숨어서 지낼 수 있겠어요?"

"그렇군."

화용군은 왼쪽에 무릎 꿇고 있는 감민정을 쳐다보면서 중얼거렸다.

"감태정이 남천왕을 돕고 있다는 사실을 알고 있느냐?"

감민정은 고개를 들고 눈을 커다랗게 떴다.

"할아버지께서 남천왕을……."

"동명왕 일가에게 반역죄를 뒤집어씌운 것이 남천왕이다."

"……."

"이제껏 감태정이 행한 모든 악행은 전부 남천왕에게 잘 보이기 위한 것이었다."

감민정이 그런 사실들을 전혀 모르고 있었다는 사실은 그녀의 대경실색하는 표정만 보고도 알 수 있었다.

화용군은 침상에 누워 잠을 청했다.

침실은 캄캄하고 감민정은 화용군이 자는 침상 아래 바닥에 쪼그리고 누워 있다.

그녀는 조금 전에 측간에 다녀왔다. 측간은 별채 바깥에 있기 때문에 기회를 틈타서 도망칠 수도 있었는데 그러지 않았다.

이런 상태로 화용군 곁에 붙어 있는 게 좋아서가 아니다. 도망치지 못하는 가장 큰 이유는 그녀가 도망치면 화용군이 즉시 뒤쫓아 와서 죽일까 봐 겁이 나서다. 이유는 그게 전부다. 단순하지만 엄청난 이유다. 그녀가 생각하는 화용군은 충분히 그러고도 남을 인간이다.

그리고 그녀가 막상 이곳에서 도망친다고 해도 마땅히 갈 곳이 없다는 게 두 번째 이유다.

백학무숙에는 그녀를 비롯한 감씨 일가의 모든 것이 담겨 있었다.

그런 곳이 멸문했는데 그녀가 대체 어디로 가서 숨어 있겠으며, 설사 숨을 곳이 있다고 해도 화용군에게 들키지 않을 자신이 없다.

그녀는 세상천지에 아는 사람이 한 명도 없을뿐더러 할 줄 아는 것도 없다.

아니, 한 가지 할 줄 아는 게 있다는 사실을 요즘 깨달았다. 복종. 그것만은 자신이 있다.

"나는 네년이 귀찮다."

'……!'

그런데 그때 갑자기 그녀의 머리 위쪽에서 화용군의 중얼거림이 들려오자 감민정은 소스라치게 놀라서 하마터면 비명을 지를 뻔했다.

화용군은 취기 섞인 목소리로 중얼거렸다.

"날 그림자처럼 따라다니는 것도 거추장스럽고 네년이 남의 눈에 띄는 것도 싫다."

감민정은 숨을 죽이고 오들오들 떨었다. 그가 말끝에 자신을 죽일 것만 같아서다.

"그렇다고 널 놔줄 수도 없다. 그러니까 부디 눈에 거슬리는 짓을 해서 널 죽일 수 있는 빌미를 만들어다오."

"하아……."

감민정은 너무 무서워서 바들바들 떨다가 자신도 모르게 신음 소리가 입 밖으로 흘러나와 화들짝 놀랐다.

그녀는 고개도 들지 못한 채 떨면서 겨우 입을 열었다.

"소… 소녀가… 어떻게 해야… 죽이지 않을 건가요……?"

"나도 모른다. 그러나 살 방도는 없을 것이다. 조만간 내가 널 죽이게 되겠지."

그것은 화용군의 진심이다. 그는 백학무숙에서 감민정을 죽이지 않고 데려온 것을 후회하고 있다.

그렇다고 해서 지금 아무 이유도 없이 다짜고짜 그녀를 죽이지도 못한다.

술이 많이 취한 화용군은 정신없이 깊은 잠에 빠졌다.

그러다가 어느 순간 이상한 느낌에 부스스 잠이 깼다.

그는 눈을 뜨고 지금 자신이 처한 상황을 파악하려다가 움찔했다.

감민정이 그의 몸 위에 앉아 있었다.

"하아아… 하아……."

그녀는 양손으로 화용군의 양 어깨를 짚고 상체를 세운 자세에서 몸을 앞뒤로 움직이고 있었다.

그때까지도 술이 취한 상태인 화용군은 지금이 어떤 상황인지 금세 알아차리지 못했다.

그는 눈을 껌뻑거리다가 감민정과 눈이 마주쳤다.

순간 화용군은 황당하면서도 간담이 서늘했다. 그가 취해서 자고 있는 사이에 감민정이 몸 위에 올라가는 것도 모르고 있었다면, 그녀가 독한 마음만 먹었다면 그를 죽였을 수도 있었다는 뜻이다.

그랬다면 그는 자고 있는 동안에 자신이 누구에게 어떻게 죽는지도 모르는 상태로 쥐도 새도 모르게 죽고 말았을 것이다.

그런데 감민정, 아니, 이 미친년이 내 몸 위에서 도대체 무슨 짓을 하고 있는지 모를 일이다.

반면에 감민정은 화용군이 잠들었을 것이라는 생각은 눈곱만큼도 하지 않았다.

그녀가 침상 아래에서 옷을 모두 벗고 나신이 된 것도, 그리고 전라의 몸으로 침상 위 이불 속으로 스며 들어가 그의 품에 안겨서 괴춤으로 손을 넣어 음경을 만지는 것도 그가 다 알고서 가만히 있는 것이라 여겼다.

화용군 같은 절정고수가 그런 걸 모를 리가 없다고 철석같이 믿었다.

그러니까 감민정 생각에는 그가 흥분해서 가만히 있는 것이 분명했다.

그녀는 용기를 내서 그의 바지를 내리고 그의 몸 위에 올라가 엎드려서 정사를 시도했다.

그래도 화용군은 그녀가 하는 대로 잠자코 있었다. 감민정은 이렇게 정사를 하고 나면 그가 자신을 죽이지는 않을 것이라고 한 가닥 희망을 걸었다.

화용군은 아까 자기 전에 감민정을 벼랑 끝으로 내모는 말을 했었다.

"소… 소녀가… 어떻게 해야… 죽이지 않을 건가요……?"

"나도 모른다. 그러나 살 방도는 없을 것이다. 조만간 내가 널 죽이게 되겠지."

그 말을 듣고 감민정은 자신이 무슨 수를 쓰지 않으면 며칠 안으로 죽고 말 것이라는 불안감에 사로잡혔다. 벼랑 끝에 서 있는 그녀는 슬쩍 밀기만 해도 천길만길 낭떠러지로 추락하고 말 것이다.

그래서 이게 그녀가 생각해 낸 궁여지책이었다. 화용군에게 몸을 바쳐서 목숨을 구하겠다는 것이다.

대저 정을 통한 여자는 죽이지 않는다는 것이 고금의 진리니까 말이다.

그저께 백학무숙에서 화용군의 발에 입을 맞추면서 애걸복걸하여 죽음을 모면했던 것처럼, 이번에는 자신의 몸을 바쳐 목숨을 연명하려는 것이다.

"하아아… 하아… 주인님. 소녀는 죽고 싶지 않아요."

그때 감민정은 화용군을 바라보면서 빨개진 얼굴로 할딱

이면서 중얼거렸다.

이어서 고개를 숙여 그의 입술에 자신의 입술을 덮으며 속삭였다.

"하아… 살려만 주신다면 매일 즐겁게 해드리겠어요……."

그 순간 화용군은 감민정이 무슨 짓을 하고 있는지 깨닫고 찬물을 뒤집어쓴 것 같은 기분이 들었다.

그의 단단한 음경은 그녀의 몸속에 깊숙이 들어가 있었던 것이다.

그때 감민정이 그에게 찰싹 달라붙어 두 손으로 등을 끌어안고 그의 혀를 힘껏 빨아들이면서 허리로 미친 듯이 방아를 찧었다.

화용군은 눈을 부릅뜨고 손으로 그녀의 머리를 덮듯이 잡아 몸에서 떼어내려고 번쩍 일으켰다.

그렇지만 그녀가 워낙 그의 몸에 찰거머리처럼 붙어 있어서 그의 몸까지 일으켜졌다.

그 와중에도 그녀의 움직임은 쉬지 않았다.

"……!"

순간 화용군은 흠칫했다. 그의 하체에서 거센 폭발이 일어나고 있었다.

그의 의도하고는 전혀 상관없이 순전히 육체가 흥분을 하여 감민정의 몸속에 사정을 해대고 있는 것이다.

그것을 알아차렸는지 그녀의 몸이 움찔하더니 갑자기 더 빨리 상하로 움직였다.

"이년!"

확!

"악!"

화용군은 분노와 황당함으로 그녀를 거칠게 떼어내 침상 바닥에 내던지고 벌떡 상체를 일으켰다.

"……."

자신의 하체를 발견한 그는 망치로 머리를 얻어맞은 듯한 충격을 받았다.

온통 피범벅이다. 그의 음경은 물론이고 허벅지와 이불이 온통 시뻘건 피로 물들어 있다.

그는 와락 일그러진 얼굴로 감민정을 쏘아보았다.

그녀는 침상 아래 바닥에 쓰러져서 다리를 벌리고 있는데 사타구니가 온통 피범벅이다.

여자에 대해서는 잘 모르는 화용군이지만 피범벅을 보고는 그녀가 숫처녀의 몸이었다는 사실 정도는 짐작했다.

"이년이……."

분노와 당혹감이 화용군의 머릿속에 가득 찼다.

그런데 감민정이 침상으로 기어 올라오면서 눈물을 흘리

며 애원했다.

"주인님… 제발 소녀를 죽이지만 마세요……. 이렇게라도 주인님의 기쁨이 되고 싶어요… 네?"

화용군은 눈을 부릅뜨고 그녀를 쏘아보았다.

감민정은 다시 그의 몸 위에 올라와 엎드리면서 필사적으로 속삭였다.

"사랑해요 주인님… 소녀의 순결을 바쳤으니 죽을 때까지 주인님만 사랑할 거예요……."

'순결을 바쳤다' 라는 말이 화용군의 가슴을 거세게 두드렸다.

그의 몸 위에 엎드려서 상체를 들고 그를 굽어보는 그녀의 눈에서 눈물이 뚝뚝 화용군의 얼굴에 떨어졌다.

"사랑해요… 죽도록 사랑해요……."

감민정은 속삭이면서 입술로 그의 입술을 덮었다. 어떤 이유에서든지 지금 그녀가 한 말은 진심이다. 그는 정말로 화용군을 죽도로 사랑하고 있다. 자신의 목숨을 틀어쥐고 있는 악마를 말이다.

화용군은 참담한 기분에 사로잡혔다. 비록 그가 능동적인 행동을 취하지는 않았다고 하지만 이건 명백한 강간이라는 생각이 들었다.

화용군은 감민정의 일가친지는 물론이고 백학무숙 전체를

피로 씻어 멸문을 시켰다.

그러므로 그는 감민정에게 철천지원수인 것이다. 그런 그를 감민정이 죽도록 사랑할 리가 있겠는가. 그녀는 지금 살려고 발버둥치고 있는 것이다.

그가 망연자실에 빠져 있는 동안에도 감민정은 그의 혀를 결사적으로 빨고 있다.

그러면서 손을 아래로 뻗어 다시 정사를 시도하려고 했다.

"비켜라."

탁!

"앗!"

그가 밀치자 그녀는 또다시 침상 아래로 굴러떨어졌다. 하지만 아까처럼 힘을 줘서 세게 밀지는 않았다.

화용군은 참담한 기분이 되어 눈을 질끈 감아버렸다. 또다시 그날 백학무숙에서 감민정을 죽이지 않은 것이 후회로 밀려왔다.

그랬더라면 이런 일은 벌어지지 않았을 것이다. 바로 이것이 화용군의 약점이다.

사람을 가까이 두게 되면 알게 모르게 미운 정 고운 정이 들어버리는 것이다.

'지금이라도 죽여야 한다.'

그는 일부러 독한 마음을 품으려고 애쓰면서 오른손을 치켜들며 감민정을 쏘아보았다.

그는 오른손에 수탁(팔찌)을 차고 있으며 거기에 천심강사가 감겨 있고 야차도가 부착되어 있다.

손목을 슬쩍 떨치기만 하면 야차도가 발출되어 감민정의 급소를 관통할 터이다.

감민정은 침상 아래 바닥에서 몸을 일으키다가 화용군을 보고는 움찔 몸을 떨었다. 그의 표정에서 살기를 감지했기 때문이다.

슥—

그녀는 급히 일어나서 공손히 말했다.

"잠시 기다리세요. 소녀가 먼저 씻고 와서 주인님을 씻겨드릴게요."

약간 마른 듯하면서 키가 큰 감민정은 무술 수련으로 단련된 단단하면서도 풍만한 몸을 갖고 있었다.

그녀는 허리를 숙여 들어 올린 화용군의 오른손을 잡고 가만히 바닥에 내렸다.

"금방 올게요."

그녀는 화용군이 야차도를 발출하려는 것을 눈치채고 과감한 시도를 했다.

그러고는 그가 어떤 반응을 보이기도 전에 바닥에 흩어져 있는 자신의 옷을 집어 가슴에 안고 총총히 문 쪽으로 뛰어갔다.

하얀 둔부를 흔들면서 뛰어가는 그녀의 슬픈 뒷모습을 화용군은 조금 어이없어 하면서 쳐다보았다.

그녀가 뛰어간 바닥에는 그녀가 흘린 피가 줄줄이 흘러 있었다.

목이나 심장을 찔려도 피가 나지만 옥문을 찔려도 피가 철철 흘렀다.

목이나 심장을 찔리면 죽는 것처럼 그녀는 옥문을 찔리고 감태정의 외손녀 감민정을 스스로 죽였다.

'저렇게까지 살고 싶은 것인가……'

화용군의 마음이 착잡해졌다.

그때 복도 끝 욕실에서 물소리가 들렸다. 감민정이 씻는 소리다.

"후우……"

화용군은 가슴이 답답한 것을 토해내려는 듯 긴 한숨을 내쉬었다.

잠시 후에 옷을 다 입은 감민정이 큼직한 물그릇과 수건을 들고 방에 들어왔다.

"소녀가 깨끗하게 닦아드릴 테니까 주인님께선 그냥 누워 계세요."

그녀는 수건을 물에 적셔서 화용군의 피범벅 된 음경과 사타구니 부위를 꼼꼼하게 닦아내고는 바지를 올려주었다.

그러고는 피격(被格:이불장)에서 새 이불을 꺼내 왔다.

"잠깐 내려오세요."

화용군은 침상에서 내려오면서 자신이 감민정의 말을 잘 듣고 있다는 사실이 씁쓸했다. 하지만 지금 그가 할 수 있는 일은 아무것도 없다. 무슨 말이나 행동을 취하면 더 비참해질 것만 같았다.

"됐어요. 누우세요."

그가 새 이불 위에 눕는 것을 보고 감민정은 피 묻은 이불을 안고 방을 나갔다.

잠시 후 욕실에서 물소리가 들렸다. 그녀가 이불을 빠는 모양이다.

한참 후에 돌아온 감민정은 여느 때처럼 침상 아래 바닥에 웅크린 채 잠이 들었다.

"주인님께선 수염을 기르는 게 좋겠어요."

다음 날 아침에 화용군이 머리를 감고 세안하는 것을 감민정이 도우면서 조심스럽게 말했다.

그녀는 빗질을 하려는 화용군의 손에서 빗을 뺏어 그의 팔을 잡고 의자에 앉히고는 자신은 그의 뒤에서 빗질을 시작했다.

"주인님의 진면목이 아무리 사람들에게 알려지지 않았더라도 조심하는 게 좋아요. 그러니까 수염을 짧게 길러서 모습을 바꿔보세요."

화용군은 아무 말도 하지 않았지만 그녀의 말에 일리가 있다고 공감했다.

"그리고 이건 소녀의 생각이지만……."

그녀는 색색의 수실로 화용군의 머리카락을 모아서 묶고는 말을 이었다.

"주인님의 거처로 장원을 구하는 것보다는 기동성이 있는 배를 거처로 삼는 것이 좋을 것 같아요."

아침 식사를 하는 자리에 은지화가 합석했다.

그녀는 아무리 바쁘더라도 식사만큼은 화용군하고 함께하려고 애썼다.

화용군과 은지화는 마주 앉아서 식사를 하고 감민정은 화용군 옆 바닥에 무릎을 꿇고 있다.

"화야, 배가 있느냐?"

밥을 먹으면서 화용군이 지나가는 말처럼 묻자 은지화는 공손히 대답했다.

"무정루와 제남지단에 이십여 척의 배가 있어요."

"그중 한 척을 내게 다오."

"총단주께서 포구에 나가셔서 직접 보시고 마음에 드는 배를 고르세요."

화용군은 손을 저었다.

"그럴 필요 없다. 네가 보고 내가 거처로 사용하기에 적당하다고 판단하면 된다."

은지화는 깜짝 놀라는 표정을 지었다.

"배를 거처로 사용하시게요?"

"그래."

바닥에 무릎을 꿇고 고개를 숙이고 있던 감민정은 깜짝 놀라서 고개를 들고 화용군의 옆얼굴을 올려다보았다.

"현재의 내 처지로는 한곳에 붙박여 있는 것보다 기동성 있는 배를 거처로 삼는 것이 좋을 듯하다."

감민정은 화용군이 은지화를 보면서 하는 말을 들으면서 눈물이 핑 돌았다.

그 말은 아까 감민정이 화용군의 머리를 빗겨주면서 했던 말이다.

*　　　*　　　*

대명제관에 아주 큰 변화가 생겼다.

오래전에 실종됐거나 죽은 줄 알았던 대명제관의 관주들이 피골이 상접한 모습으로 살아서 돌아온 것이다.

그들의 수는 열두 명이었으며 자신들의 무도관으로 돌아

와서 자신들을 납치한 것은 백학무숙이었고, 지금까지 백학무숙 지하뇌옥에 감금되어 짐승보다 못한 학대와 대우를 받았다는 사실을 입을 모아 폭로했다.

또한 그들은 화용군에 의해서 구출되어 집으로 돌아올 수 있었다고 밝혔다.

그들은 백학무숙의 만행을 만천하에 폭로했는데 여파는 그것으로 끝나지 않았다.

그때까지 잠자코 있던 예전의 피해자들도 마침내 입을 연 것이다.

예전에 독에 중독된 상태에서 백학선우 감태정과 비무 대결을 펼쳤다가 겨우 살아남았던 최후의 생존자 세 명이 그 당시 비무대회의 전말을 폭로했다.

제남은 물론이고 산동성 전역에서 최고의 존경을 받아왔던 백학선우와 백학무숙의 명예는 하루아침에 땅바닥에 떨어졌다.

사람들은 백학무숙을 멸문시킨 탈명야차를 욕했으나 이제 제남 사람들은 오히려 그를 칭송하게 되었다.

제47장

———

호
랑

　화용군은 아침 식사를 하면서 은지화에게 배에 대한 말을
꺼냈는데 그녀는 점심 식사를 하기 전에 이미 만반의 준비를
갖추고 화용군을 불렀다.

　무정루 뒤편의 포구에는 무정루 소유의 유람선이 몇 척 정
박해 있는데 그중에는 유람선이 아닌 배가 한 척 눈에 띄었
다.

　"이 배예요."

　은지화가 그 배를 가리켰다.

　"너무 큰 배는 여러 면에서 좋지 않을 수도 있어서 중간 규

모의 배를 골랐어요. 본단의 상선이며 지휘선이라서 모든 것이 잘 갖춰져 있어요."

은지화는 이 배가 자신이 타던 배라는 말은 구태여 하지 않았다.

그녀는 배 아래 포구에 늘어선 열 명의 우람한 장한과 열 명의 여자를 가리켰다.

"이쪽은 우리 제남지단에서 가장 뛰어난 선부(船夫)들이고, 이쪽은 무정루의 숙수와 하녀들이에요."

선부들은 하나같이 삼십 대이고 숙수와 하녀들은 삼십 대와 이십 대였다.

은지화는 그중에 삼십 대의 한 여인을 가리켰다.

"이 여자는 의원이에요. 제남의 어떤 의원과 비교해도 뒤지지 않는 의술을 지니고 있지요."

은지화는 모두에게 명령했다.

"총단주시다. 예를 갖춰라."

"총단주를 뵈옵니다!"

선부와 숙수, 하녀들은 그 자리에 무릎을 꿇고 이마를 바닥에 댔다.

은지화는 그들에게 일어나라 명하고 말했다.

"지금부터 너희들의 녹봉을 세 배로 올려주겠다. 총단주를 극진히 모시도록."

그들은 화들짝 놀라더니 기뻐서 어쩔 줄 몰랐다.

화용군은 선부 우두머리인 선부장(船夫長)의 안내를 받으며 배의 곳곳을 둘러보았다.

배의 길이는 십오 장이고 폭은 삼 장 반, 중앙에 두 개의 전각이 있으며 둘 다 삼 층인데 갑판 아래까지 치면 오 층이며 크고 작은 방이 삼십 개나 된다.

그리고 전각의 이 층 높이로 솟은 앞쪽 갑판과 뒤쪽 갑판 아래 몇 개 층의 선실에는 사십여 개의 방과 창고가 마련되어 있다.

돛은 크고 작은 것까지 모두 다섯 개며 다 펼치면 준마가 달리는 속도와 맞먹는다고 선부장이 설명했다.

"어디까지 갈 수 있나?"

"총단주께서 원하시면 바다든 강이든 어디라도 갈 수 있습니다."

화용군의 물음에 선부장이 공손히 대답했다.

은지화가 덧붙였다.

"모든 물자를 다 실었으니까 지금 당장에라도 출항할 수 있어요."

화용군이 선부장에게 첫 명령을 내렸다.

"출항하자."

"넵!"

은지화가 깜짝 놀라 뾰족하게 소리쳤다.

"총단주. 이러시는 게 어디 있어요? 곧 상단주께서 도착하실 텐데요."

"이 배에 전서구가 있느냐?"

"물론이에요."

"그녀가 도착하면 연락해라."

일각 후에 총단선(總團船)은 무정루의 포구를 출발했다. 총단선이란 이 배가 총단주의 것이라고 은지화가 급조한 이름이다.

배를 띄웠으나 화용군은 딱히 갈 곳이 없다.

감태정을 죽이지 못했기 때문에 아직은 제남을 떠날 수가 없는 것이다.

설혹 떠날 수 있다고 해도 어딜 갈 수 있을까 잠시 생각하다가 고개를 흔들었다.

'갈 곳이 없구나.'

미진한 것이 남아 있다. 할 수만 있다면 남천문과 혈명단에도 복수를 하고 싶다.

따지고 보면 감태정 뒤에는 혈명단과 남천문이 도사리고 있었다. 그들이 없었다면 감태정의 악행도 없었을 것이다.

화용군은 선부장에게 유람삼아서 황하 하류 쪽으로 갔다가 돌아오라고 지시했다.

쏴아아—

총단선은 정말 빨랐다. 선부장의 말로는 보통 상선보다 서너 배 이상 빠르다고 했다.

제남 북쪽을 흘러가는 황하의 하류는 강폭이 사백 장에 이를 정도로 거대하다.

또한 강상(江上)에는 수백 척의 크고 작은 배들이 이리저리 분주하게 오가거나 한곳에 머물면서 물고기를 잡고 있는 평화로운 광경이다.

화용군은 총단선 앞쪽의 누대에 마련되어 있는 아담한 정자 안에 앉아서 배가 나아가고 있는 전방을 물끄러미 응시하고 있다.

감민정은 바로 그의 옆 바닥에 무릎을 꿇고 상체를 꼿꼿하게 편 자세로 있다.

촤악!

그때 파도 때문에 배의 앞부분이 들썩 솟구쳤다가 주저앉으며 크게 흔들렸다.

감민정은 몸이 공중으로 한 뼘쯤 떠올랐다가 떨어지면서 균형을 잃고 옆으로 쓰러지려는 중에 급히 팔을 내밀어 화용군의 다리를 안듯이 잡았다.

탁!

그러나 화용군은 그녀를 쳐다보지 않았고 뭐라고 꾸짖지도 않았다.

그래서 용기가 생긴 감민정은 그의 다리를 놓지 않고 조금 더 붙잡고 있었다.

슥—

그런데 그때 화용군이 일어섰다. 감민정이 그의 다리를 붙잡았을 때 마침 그는 전방에서 무언가를 발견했기에 그런 것에 신경 쓸 경황이 아니었다.

그의 시선은 전방 오십여 장쯤 왼쪽에서 오른쪽으로 향하고 있는 어느 배에 타고 있는 한 사람에게 꽂혀 있다.

그 사람은 방갓을 뒤로 젖힌 상태에서 뱃전에 두 팔꿈치를 얹고는 강물을 물끄러미 바라보고 있는데 까칠한 수염과 초췌한 얼굴에 수심이 가득했다.

'적단호.'

예전 모습과 조금 달라졌으나 그래도 이 년 전의 모습이 더 많이 남아 있는 그는 화용군이 북경 동명왕부에서 천보 다음으로 많이 만났었던 적단호가 분명했다.

그 당시에 화용군은 관도상에서 우연치 않게 남천고수들과 맞부딪쳐서 싸우다가 극심한 중상을 입고 죽을 수밖에 없는 상황에 처했던 적이 있었다.

그때 마침 그곳을 지나던 동명고수들이 남천고수들을 죽이고 그를 구해서 북경 동명왕부로 데려갔었다.

이후 천보가 화용군을 치료하는 몇 달 동안 적단호는 하루도 빠짐없이 그를 찾아왔었다.

그리고 화용군이 거의 회복되어 갈 무렵 적단호가 찾아와서 그에게 동명왕부를 떠나달라고 부탁했었다.

이유는 남천고수들이 찾아와서 화용군을 내놓으라면서 동명왕을 괴롭히고 있다는 것이다.

물론 남천고수들은 동명왕부에 화용군이 있다는 확신을 갖고 있지 않았었지만, 못 먹는 감 찔러보는 식으로 괜한 억지를 부리는 것이었다.

그런데 바로 그 적단호가 지금 화용군의 전방 오십여 장 거리에 나타난 것이다.

"어?"

그때 화용군은 뭘 발견했는지 눈을 크게 뜨며 입에서는 탄성마저 내뱉었다.

적단호 뒤쪽에서 방갓을 쓴 한 사람이 다가와 적단호 옆 뱃전에 나란히 기대는 광경을 발견한 것이다.

그런데 그 사람의 방갓 아래로 드러난 입과 턱의 윤곽이 화용군의 눈에 익었다.

그때 그 사람이 방갓을 벗어 뒤로 젖혔다. 얼굴이 강 쪽으로 향하고 있기 때문에 아무도 보는 사람이 없어서 적단호처럼 방갓을 벗은 듯하다.

'호랑⋯⋯.'

그 사람의 얼굴을 정확하게 발견한 화용군은 적이 반가운 표정을 지었다.

적단호는 동명고수이고 호랑은 천보의 최측근 호위이자 삼백여 동명고수의 우두머리 중 한 명인 좌호위대주라는 신분이었다.

동명왕 일가가 반역죄로 섬으로 유배되면서 동명고수들은 강제 해산을 당했다는데 뜻밖에도 호랑과 적단호가 제남에 나타난 것이다.

두 사람은 똑같이 강을 주시하면서 입을 달싹거리는데 아마 전음입밀로 대화를 나누는 듯했다.

황하 북쪽에서 남쪽으로 사람들을 실어 나르는 도강선이 포구에 정박하자 배에서 내린 호랑과 적단호는 서로 모르는 사람처럼 삼 장 간격으로 뚝 떨어져서 사람들에 섞여 거리로 향했다.

방갓을 깊숙이 눌러쓴 두 사람의 걸음은 포구의 주루로 향하고 있다.

길 건너편에서 적단호는 약속 장소인 주루의 상호를 확인하고는 길을 건너기 시작했다.

이들 두 사람은 제남의 부호 중 한 사람을 만나러 왔다. 그 부호는 과거 동명왕에게 도움을 여러 차례 받았으며, 자기가 도울 일이 있으면 목숨이라도 내놓겠다고 입버릇처럼 말했었다.

동명왕 일가를 구하기 위해서 모인 동명고수들은 극도로 가난하기 때문에 한 군데 모여 있지도 못하고 뿔뿔이 흩어져 있는 실정이다.

그렇지만 동명왕에 대한 충성심과 동명왕 일가를 구출해야 한다는 의지만큼은 하나로 굳게 뭉쳐 있다.

문제는 그들을 한데 모여 있도록 만들고, 동명왕 일가를 구출하는 일과, 구하고 나서의 도주와 은신에 적지 않은 자금이 필요한 것이다.

그래서 그 자금을 조달하기 위해서 여기저기에 손을 쓰다가 호랑과 적단호가 과거 동명왕에게 도움을 받았던 제남의 부호를 찾아온 것이다.

만약 부호가 도움을 준다면 동명고수들은 동명왕 일가를 구출할 것이다.

그렇지만 현재로썬 그게 끝이다. 구출 다음의 계획은 없다. 그것은 그다음의 일이다.

[적단호! 물러나라! 함정이다!]

적단호가 길 복판쯤 건너고 있을 때 그의 귀에 호랑의 다급한 전음이 전해졌다.

[밥통! 두리번거리지 말고 즉시 뛰어라!]

적단호가 길 한복판에서 걸음을 멈추고 두리번거리는 모습을 보고 호랑이 호통을 쳤다.

그러나 그녀도 실수를 했다. 어디로 뛰라는 말을 해주지 않았으며, 자신의 뒤쪽에서도 낯선 고수들이 접근해 오고 있다는 사실을 모르고 있었다.

적단호는 주루 안에서, 그리고 거리 좌우에서 약 십오륙 명의 고수가 반원형의 형태로 다가오자 몸을 돌려 뒤쪽으로 냅다 달아났다. 도망칠 방향이 그쪽뿐이다.

호랑은 재빨리 주위를 둘러보다가 뒤쪽에서 빠르게 다가서고 있는 고수들을 발견하고는 즉시 행인들 속에 섞여서 전방을 향해 빠른 걸음으로 나갔다.

그런데 곧 적단호가 사람들하고 섞여서 이쪽으로 달려오고 있는 모습을 발견했다.

[적단호.]

[좌대주……]

두 사람은 방갓 아래로 빠르게 눈빛을 교환하는가 싶더니 그 즉시 동시에 각기 다른 방향을 향해 허공으로 번개같이 신형을 날렸다.

휘익!

그러나 두 사람은 어느새 허공으로 떠오르면서 검을 휘둘러 대는 고수들의 벽에 가로막혀서 다시 지상으로 내려서야만 했다.

처척!

두 사람이 땅에 내려섰을 때에는 행인이 한 명도 없고 그들만 덩그러니 남았다.

그리고 삼십여 명의 고수, 즉 남천고수들이 두 사람을 엄밀하게 포위하고 있었다.

처음에 행인들 너머에서 고수들이 압박해 오고 있을 때는 몰랐으나 완전히 포위망을 갖춘 상태에서 그들의 복장을 보니까 남천고수가 분명했다.

호랑과 적단호가 도움을 청한 제남의 부호는 황대교(黃臺橋)포구의 주루로 안내할 사람을 보내겠다고 했었다. 그런데 결국 남천고수들이 안내자로 나왔다.

그렇다면 제남부호의 대답은 이것으로 충분히 들은 것이나 다름이 없다.

남천고수들이 입고 있는 상의는 두 가지인데 하나는 전체에 걸쳐서 어떤 검붉은 무늬가 수놓아졌다.

거북이처럼 생긴 짐승을 커다란 뱀이 칭칭 감고 있는 듯한

형상으로, 즉 현무(玄武)를 나타내는 모습이다. 그리고 또 하나는 백호가 수놓아진 옷이다.

그로 미루어 이들은 남천문 현무전과 백호전 휘하의 고수들이 분명하다.

호랑과 적단호는 제남의 부호가 도와줄 것인지 그러지 않을 것인지에 대해서만 고민했었지 설마 배신을 할 줄은 예상하지 못했었다.

남쌍백수(南雙白手) 한 명이 서로 등을 맞대고 있는 호랑과 적단호를 가리키며 준엄히 말했다.

"순순히 무릎을 꿇으면 목숨은 붙여주마."

그는 남천문 백호전 부전주로서 이 무리의 우두머리다.

"이 개자식아! 너나 뒈져라!"

차앙!

호랑이 어깨의 검을 뽑으면서 득달같이 부전주를 향해 짓쳐 나가며 검을 휘둘렀다.

그녀의 돌발적인 행동은 적단호는 물론이고 부전주도 예상하지 못했다.

그녀와 부전주와의 거리는 삼 장 남짓이며 그녀가 순식간에 거리를 좁혀와 세로로 검을 그어 정수리를 쪼개오자 부전주는 부지중 움찔했다.

부전주는 흠칫하며 뒤로 한 걸음 물러나면서 검을 뽑아 호랑의 검을 막았다.

쉬익—

그런데 정수리를 쪼개오던 호랑의 검이 어느새 방향을 바꿔 부전주의 왼쪽 옆구리로 파고들었다.

기막히게 빠른 방향 전환이다. 전력으로 휘두르던 검을 이처럼 빠르게 방향을 전환한다는 것은 초일류 수준의 검객만이 가능한 일이다.

껑!

부전주는 가까스로 옆구리로 짓쳐드는 검을 막았다. 그러나 그 바람에 자세가 무너졌다.

만약 호랑이 그의 허점을 간파하고 세 번째 공격을 이어간다면 그로선 속수무책이다.

하지만 산전수전 두루 겪은 초일류 검객 호랑이 그걸 놓칠리가 없다.

쌕!

호랑의 검은 이미 방향을 바꿔 부전주의 오른쪽 옆구리로 파고들었다.

설혹 부전주가 이걸 막는다고 해도 그녀에겐 그다음과 다음 공격까지 준비되어 있다.

결론적으로 말한다면 부전주는 호랑보다 한 수 아래다. 그리고 그녀와 너무 가까운 거리에서 자신들의 수만 믿고 방심을 하고 있었다.

"물러나랏!"

쐐애액!

만약 그때 부전주 좌우의 남천고수들이 뒤늦게나마 호랑을 협공하지 않았다면, 부전주는 그녀의 다음 공격에 심장을 찔렸을 것이 분명하다.

호랑은 좌우 남천고수들의 협공에 부전주를 죽이는 것을 포기하고 훌쩍 허공으로 솟구쳤다.

이어서 그녀는 허공 일 장 반 높이에서 힐끗 적단호를 뒤돌아보았다.

적단호가 여러 명의 남천고수에게 협공을 받고 있는 광경이 보였다.

호랑은 지금이라도 혼자 충분히 도망칠 수 있지만 적단호를 놔두고 갈 수는 없다.

휘익!

허공에서 허리를 비틀어 방향을 꺾은 그녀는 적단호를 협공하는 자들을 향해 비스듬히 내리꽂히면서 벼락같이 맹렬한 검초를 떨쳤다.

파파아아—

"크억!"

"흐악!"

순식간에 남천고수 두 명을 꺼꾸러뜨린 직후 그녀는 적단호를 힐끗 보더니 그의 곁으로 다가가 등을 맞대고 싸움을 시작했다.

적단호가 혼자서 웬만큼 버티고 있으면 그녀는 좌충우돌하면서 적들을 주살하려는 생각이었다.

그런데 적단호는 조금 전 호랑이 부전주를 공격하고 있을 때 다섯 명의 협공을 받아 이미 상처를 두 군데나 입어 피를 흘리고 있어서 혼자 놔둘 수가 없었다.

"미안합니다, 좌대주."

적단호는 자기 때문에 호랑이 도망가지도 못하고 되돌아온 것에 대해서 착잡한 표정으로 사과했으나 돌아온 것은 질책이다.

"아가리 닥치고 살아남기나 해라."

싸움이 시작된 지 채 일각이 지나기도 전에 호랑과 적단호는 패색이 완연해졌다.

남천고수의 수는 정확히 삼십이 명이었으며 그중에서 현재까지 다섯 명이 죽었다.

호랑이 다섯 명 모두를 죽였으나 그것은 싸움이 시작된 초기의 일이고, 시간이 흐를수록 그녀는 포위망에 갇혀서 옴짝달싹도 못하는 신세가 되었다.

포위망은 두 겹이고 안쪽의 포위망 열 명과 두 사람의 거리는 겨우 일 장 남짓이다.

적단호는 대여섯 군데 상처를 입어서 비틀거리고 있으며, 호랑도 두 군데 상처를 입은 상태다.

호랑은 적들의 공격을 피하고 막으면서 동시에 적단호에게 가해지는 공격도 막아주느라 정신이 없을 정도다.

그녀는 의리가 강하거나 다정다감한 성격이 아니다. 그래서 싸움이 길어지고 패색이 짙어지자 가장 냉정한 현실적인 결정을 내렸다.

적단호를 포기하고 혼자 도망치는 것이다. 이대로 조금만 더 있다가는 둘 다 죽을 텐데 한 명이라도 살아서 도망치는 것이 현명하다는 그녀다운 판단이다.

그것이 비겁하다는 생각은 추호도 하지 않았다. 오히려 여기에서 둘 다 죽는 것이 어리석다는 생각이다.

"좌대주!"

카카캉!

적단호는 다급하게 호랑을 불렀다. 도와달라는 것이 아니라 자기가 살아 있어서 조금이라도 도움을 줄 수 있을 때 도망치라는 뜻이다.

"우라질 개새끼! 죽여 버리고 말겠다!"

호랑은 분노 때문에 눈이 충혈되어 악을 쓰며 욕설을 퍼부었다. 자신들을 함정에 빠뜨린 제남부호에게 분통을 터뜨리는 것이다.

그녀가 욕설을 퍼부은 것이 도망치겠다는 신호고 적단호는 그것을 알아들었다.

그래서 적단호는 자신의 안위를 돌보지 않고 가일층 힘을 내서 적들을 공격했다.

호랑이 도망칠 기회를 만들어주려는 것인데 뜻만 갸륵할 뿐 별 도움은 되지 않았다.

콰차차창!

탓─

호랑은 맹렬하게 검을 휘둘러 공격을 막으면서 어느 순간 번쩍 하고 수직으로 몸을 솟구쳤다.

그러면서 그녀는 자신의 발아래에서 적단호가 이제 죽을 것이라고 생각했다.

슈우웅─

"컥!"

"캑!"

"끅!"

과연 그녀의 발아래에서 좁은 구멍으로 세찬 바람이 지나가는 듯한 음향과 여러 마디의 답답한 신음이 와르르 한꺼번에 터졌다.

그렇지만 비명 소리가 하나가 아니라 여러 개다. 적단호가 죽었다면 비명이 여러 개일 리가 없다. 더구나 세찬 바람 소리는 또 뭐란 말인가.

수직으로 이 장 가량 솟구쳐 오른 호랑은 방향을 꺾어서 포위망 밖으로 쏘아가는 대신 허공중에 멈추어 아래를 내려다보았다.

그리고 그녀는 자신의 발아래에서 벌어지고 있는 정녕 믿을 수 없는 광경을 목격했다.

"아……."

그녀가 굽어보고 있는 중에 적단호를 협공하고 있던 십여 명의 남천고수 중에 다섯 명이 추풍낙엽처럼 우수수 쓰러지고 있었다.

그런데 호랑의 빠른 눈으로 보니까 두 명은 뾰족한 것에 목이 꿰뚫려서 피를 뿜어내고 세 명은 허리와 가슴이 뭉텅 잘라져서 그 역시 피를 쏟아내고 있었다.

도대체 어떤 무기가 저런 광경을 가능하게 만드는지 순간적으로 몹시 궁금했다.

쉬익!

그때 포위망 바깥에서 날아온 한 사내가 호랑의 한 자쯤 곁을 스쳐 지나 방금 그녀가 솟구쳤던 곳으로 급전직하 내리꽂혔다.

"앗!"

허공중에 찰나지간 정지해서 아래를 보고 있던 호랑은 뭔가 시커먼 것이 자신의 곁을 스치자 깜짝 놀라 짤막한 외침을 터뜨렸다.

웬만한 사내들보다 몇 배 두둑한 철석간담을 지닌 그녀지만 이런 상황에서는 놀라지 않을 수가 없다.

더구나 그 시커먼 물체가 마음만 먹었다면 그녀를 죽이고도 남았기에 더욱 놀랐다.

그녀는 허공중에 너무 오래 지체하다 보니까 몸이 저절로 하강하기 시작했다.

그때는 이미 조금 전에 그녀를 놀라게 하면서 곁을 스쳐 지나 지상으로 내려간 인물이 그곳에 남은 적 다섯 명을 순식간에 모두 죽인 후였다.

"자네……."

적단호는 방금 전까지만 해도 자신의 목숨을 위협했던 십여 명의 남천고수를 순식간에 해치우면서 나타난 키 큰 사내를 보며 감격하여 말을 잇지 못했다.

포위망 제일선의 남천고수 십여 명이 모조리 죽었으며, 그들을 순식간에 죽인 괴인물이 출현했기 때문에 제이선의 남천고수들은 움찔하면서 그 자리에서 머뭇거렸다.

그 와중에 적단호가 키 큰 사내를 보고 반가워서 눈물을 글썽거렸고, 허공에 떠 있던 호랑이 지상에 내려섰다.

적단호는 아무 말도 못하는데 호랑은 키 큰 사내 화용군을 발견하고는 얼굴 가득 반가운 표정을 떠올렸다.

"너 이 자식!"

화용군도 반가운 마음에 벙긋 미소 지었다.

"오랜만이다, 랑아."

"이 자식이 감히 누나 이름을."

호랑은 발끈했으나 화용군은 빙그레 미소 지으며 느긋했다.

"뽀뽀까지 한 사이에 이름 좀 부르면 어떠냐?"

"너?"

호랑이 검을 치켜들었다.

이 년여 전에 호랑이 화용군의 거궐혈을 잘못 차서 혼절하는 바람에 궐파(인공호흡)를 해주느라 입을 맞췄던 일이 있었다.

그때 남천고수 중에 몇 명이 화용군을 알아보고 갑자기 고함을 질렀다.

"부전주! 저자는 탈명야차입니다!"

"앗! 화용군이다!"

화용군은 호랑에게 말했다.

"랑아. 우선 저자들을 해치우고 나서 우리 얘길 하는 게 어떠냐?"

"내가 먼저 공격한다!"

호랑은 화용군에게는 지고 싶지 않다는 듯 부전주를 향해 저돌적으로 그러나 바람처럼 빠르게 짓쳐갔다.

"적 형은 나와 같이 갑시다."

화용군은 부상당한 적단호의 허리를 왼팔로 안고 남천고수들을 향해 쏘아갔다.

남천고수들은 이십 명쯤 남은 상태지만 조금 전에 화용군이 자신들의 동료들을 끔찍한 방법으로 죽인 광경을 코앞에서 목격했기에 적잖이 겁먹은 표정이다.

부전주는 자신을 향해 돌진해 오는 호랑을 맞이하면서 수하들에게 쩌렁하게 외쳤다.

"뭣들 하느냐? 적은 고작 세 명뿐이다! 쳐라!"

퍽!

"큭!"

그런데 방금 소리친 부전주가 몸을 멈칫하며 답답한 신음을 토했다.

그의 미간에는 어느새 야차도가 깊숙이 꽂혔는데 화용군이 손목을 슬쩍 안으로 굽혀 야차도를 뽑자 미간에서 피가 콸콸 쏟아졌다.

야차도는 부전주의 미간에서 뽑히자마자 화용군이 손목을

가볍게 뒤집음에 따라서 즉시 또 다른 남천고수를 향해 빛처럼 쏘아갔다.

쑹—

야차도가 두 번째 남천고수의 목을 꿰뚫고 있을 때 호랑이 화용군에게 새된 고함을 질렀다.

"이놈아! 어째서 내 먹잇감을 가로채느냐?"

"하하하! 랑아! 귀찮은 파리 떼를 아무나 죽이면 되지 뭘 그러느냐?"

화용군은 야차도를 휘둘러 천심강사로 남천고수들의 몸통을 자르며 종횡무진 누볐다.

부전주가 죽어버리고 화용군이 파죽지세로 동료들을 무참히 죽이자 남천고수들은 공포에 질려서 사방으로 도망치기에 바빴다.

화용군은 한쪽 방향의 남천고수들을 뒤쫓으면서 난감해졌다. 다른 방향으로 도망치는 남천고수들을 놓치면 곤란하기 때문이다.

그때 전혀 예상하지 못했던 일이 벌어졌다. 갑자기 정체 모를 무사 수십 명이 나타나서 도망치는 남천고수들의 앞을 가로막으며 공격하기 시작한 것이다.

사실 그들은 때마침 포구에 있던 대명제관의 무사들인데 탈명야차가 싸우는 광경을 지켜보다가 남천고수들이 도망치자 탈명야차를 돕기 위해 나섰다.

그들은 대명제관 다섯 개 무도관의 무사인데 그 수는 사십여 명에 달했다.

그들이 아무리 무사들이라고 해도 여러 명이 공포에 질린 남천고수 한 명씩을 상대하기 때문에 죽이거나 도주를 방해하는 데는 별 어려움이 없었다.

오래지 않아서 포구에 있던 삼십이 명의 남천고수는 남김없이 주살됐다.

대명제관의 무사들이 화용군과 호랑, 적단호 앞에 도열하여 포권을 하며 정중하게 말했다.

"화 대협은 우리 대명제관의 은인이시니 이 정도의 자그마한 일은 도움이라고 할 수도 없습니다."

"그러니 여긴 저희들에게 맡기고 화 대협께선 볼일을 보시기 바랍니다."

"화 대협께서 제남땅에 계시는 한 제남은 정의의 성지(聖地)입니다."

화용군은 영문을 모르고 미간을 좁혔다.

"무슨 말인지 모르겠소. 대체 왜 이러는 것이오?"

대명제관 무사 중 한 명이 모두가 여기저기에서 떠드는 것을 잠재우고 나서 대표로 설명했다.

"화 대협께서 백학무숙의 뇌옥을 파괴하여 납치되셨던 각 무도관의 관주들이 돌아왔습니다. 저희 무도관의 관주, 아니, 아버님께서도 피골이 상접한 모습으로 돌아오셨습니다. 또한 화 대협께서 백학무숙을 멸문시켜 복수까지 해주셨으니 그 은혜는 바다보다 크고 넓습니다."

그제야 화용군은 이들이 왜 이러는지 이유를 깨달았다.

흘러가는 물도 떠주면 은혜라고 했다. 화용군은 무애와 야조를 구하려고 한 일인데 대명제관의 관주들을 구한 일이 된 것이다.

거리 한쪽 사람들 속에서 그 말을 들은 감민정은 착잡하기 이를 데 없는 표정을 지었다.

그녀는 화용군에게 외조부 감태정의 악행에 대해서 조금 들었고, 지금 또 자신의 귀로 생생한 증언을 들었다.

그녀는 정의심이 남다르고 협의를 배우지는 않았으나 인간이 어떻게 사는 것이 올바른 것인지는 알고 있다.

가슴이 미어졌다. 그러고는 자신이 죽어 마땅한 존재인데도 불구하고 살아 있다는 사실이 한없이 송구했다.

제48장

———

해후, 상봉

촤아아—

총단선이 최초로 행선지가 정해져서 물살을 가르며 빠르게 쏘아갔다.

최초의 행선지는 호랑과 적단호를 함정에 빠뜨린 제남부호의 집이다.

제남을 비롯하여 인근 백여 리 이내는 수로와 운하가 잘 발달되어 있어서 배로 가지 못하는 곳이 없다. 작은 배만 있으면 집 앞까지도 갈 수 있다.

그러나 총단선처럼 큰 배로는 가지 못하는 곳이 있다. 제남

성내에 거미줄처럼 얽혀 있는 수로다.

총단선은 운하가 수로로 바뀌는 지점에서 멈추었다.

"여기에서부터는 소엽선(小葉船)으로 가십시오. 지리에 밝은 선부 둘을 붙여 드리겠습니다."

선부장의 명령을 받은 선부들은 능숙하게 총단선에서 운하로 소엽선을 내렸다.

길이 일 장 폭 석 자에 한 장의 나뭇잎을 닮은 소엽선은 물이 있는 곳이면 가지 못하는 곳이 없으며 빠르기는 바람과 같다. 여북하면 물 위에서 적토마라 하겠는가.

밧줄에 의해서 내려지는 소엽선 가운데는 호랑, 앞뒤에는 두 명의 선부가 타고 있다.

차륵―

철렁…….

소엽선이 수로에 내리자마자 두 명의 선부가 앞뒤 두 개의 돛을 펼치고 이후 뒤쪽의 선부가 노를 젓자 나는 듯이 물살을 가르며 쏘아갔다.

호랑은 화용군과 함께 총단선에 오르자마자 다녀올 곳이 있다면서 씨근거렸었다.

화용군이 왜 그러느냐고 물으니까 호랑은 자신들을 배신한 제남부호를 당장 죽여야겠다고 기세등등했으며, 화용군이 선부장에게 그녀의 말에 따르라고 지시했었다.

선부장은 소엽선을 내려주고 즉시 그곳을 떠났다. 호랑이 일을 끝내면 두 명의 선부가 그녀를 소엽선에 태워서 총단선으로 돌아올 것이다.

총단선은 다시 황하로 돌아와 가장 느린 속도로 강을 거슬러 오르고 있다.

화용군은 총단선의 두 개의 전각 중에 뒤쪽 후당(後堂)에 있다. 앞에 있는 전각은 전당(前堂)이다.

후당 맨 위층인 오 층의 어느 방에는 의원이 적단호를 치료하고 있으며, 그 옆에는 화용군이 적단호가 하는 설명을 듣고 있다.

삼십 대 중반에 고풍스럽고 단아한 분위기를 풍기는 여의원이 능숙한 솜씨로 치료하고 있는 적단호는 온몸 십여 군데에 크고 작은 상처를 입었기 때문에 하체에 짧은 바지만 입은 모습이다.

그러나 불행 중 다행이도 생명에 지장을 줄 만큼 중상은 입지 않았다.

은지화가 총단선에 여의원을 상주시킨 것은 아마도 이런 일에 대비하려는 의도였을 것이다.

화용군은 은지화에게 동명왕과 동명고수들의 근황에 대해서 보고를 들었는데, 적단호의 설명은 그녀의 그것과 크게 다르지 않았다.

다만 화용군이 모르고 있던 것은 남천문과 혈명단의 동정이었다.

남천왕은 동명왕이 유배를 간 것으로도 모자라서 그를 죽이려고 이미 여러 차례 도발을 했었다는 것이다.

동명왕 일가가 유배된 동해 고산도에 남천고수들을 두 번 보냈으나 암살에 실패했다.

그런 일이 있을 것이라 예상하고 동명고수 우호위대주 공손태가 동명고수 선발대를 이끌고 고산도에 들어가 암중에 동명왕 일가를 호위하고 있었던 덕분이었다.

이후 혈명단이 살수들을 두 번 보냈으나 그 역시 실패로 끝났다.

남천문과 혈명단이 동명왕을 암살하려고 고수와 살수들을 멀리 고산도까지 보냈을 때는 필경 어중이떠중이를 보내지는 않았을 터.

그것을 공손태 이하 동명고수들이 무려 네 차례나 막아냈다고 한다면 그들의 피해가 어느 정도일 것이라는 건 불을 보듯 뻔한 일이다.

"윽… 현재 우대주와 열다섯 명 남짓의 동료만이 남아 있는 상태라네."

적단호는 여의원이 상처에 약을 바르자 고통을 참으려고

오만상을 쓰면서 설명했다.

"처음에 오십 명이 고산도에 들어갔는데 다 죽고 열다섯 명만 남았네. 그나마도 다들 상처투성이라서 온전한 사람은 한 명도 없네."

고산도에는 백 명의 관군이 동명왕 일가를 지키고 있다지만 관군 정도로 남천고수들과 혈명살수들을 막아낼 수 있을 리가 없다.

또한 동명고수들은 황명을 거역하고 몰래 고산도에 잠입한 것이라서 드러내 놓고 동명왕 일가를 호위할 수도, 함께 생활할 수도 없는 처지다.

그들은 가져간 식량으로 고산도에 하나뿐인 산속에서 끼니를 때우고 식량이 떨어지면 섬 반대편 마을에 가서 구걸을 하면서 근근이 견디고 있다고 한다.

다행히 마을 사람들이 동명왕에게 호의적이고 인심이 좋아서 동명고수들에게 먹을 것을 나눠주긴 하지만, 그것도 한두 번이지 자꾸만 반복되면 짜증스럽게 마련이다.

결국 동명고수들은 남천고수나 혈명살수들보다 먹지 못해서 아사를 당할 처지에 놓였다고 한다.

"다른 건 다 그렇다 쳐도……."

적단호는 누운 채 착잡한 표정을 지었다.

"놈들이 한 번 더 암살대를 보내면 큰일인데……."

그러고는 잠자코 있었다. 그는 화용군이 동명왕을 도울 것이라는 기대는 언감생심 꿈도 꾸지 않는다.

화용군 한 명 정도 가세해 봤자 그다지 보탬이 되지도 않을 뿐더러, 그뿐만이 아니라 여러 당면한 문제가 산적해 있기 때문에 그걸 화용군이 어쩔 수 있을 것이라 생각하지 않는 것이다.

여의원이 화용군에게 공손히 말했다.

"혼절하셨어요."

여의원이 적단호를 마저 치료하는 동안 화용군은 옆방으로 가서 잠시 휴식을 취했다.

그는 의자에 깊숙이 몸을 묻고 지그시 눈을 감았다.

감민정은 그의 오른쪽 두 걸음 떨어진 곳 바닥에 무릎을 꿇고 앉아서 말끄러미 그를 바라보았다.

지금 그녀는 복잡한 심정에 사로잡혀 있다. 어젯밤에 그녀는 오로지 공포에 질린 나머지 목숨을 구하기 위해서 술이 취해서 잠든 화용군에게 순결을 바쳤었다.

그 일이 있은 이후 오늘 한나절 동안 그녀가 생각하기에 두 사람에겐 변화가 생긴 것이 분명했다. 최소한 그녀의 생각에는 그랬다.

화용군이 그녀를 대하는 것이 그 일이 있기 전보다 많이 부드러워졌다.

그녀가 잘못 본 것이 아니다. 오늘 하루 내내 그림자처럼 곁에서 지켜본 결과 어제까지만 해도 그녀를 사갈시하고 벌레처럼 쳐다보던 눈빛이 사라졌다.

대신 그녀를 보는 눈빛에 곤혹함과 어색함이 배어 있으나 그것은 어젯밤의 일 때문일 것이다.

그리고 그녀도 감정의 변화가 생겼다. 그 일이 있은 후 더 이상 화용군이 무섭지 않게 되었다. 그것은 정말이지 이상한 일이 아닐 수 없다.

또한 자꾸만 그와 정사를 나눴을 때가 생각났다. 그의 것이 그녀의 몸속으로 깊이 들어왔을 때 그녀는 치욕스러웠으나 그런 생각은 곧 사라졌고 기이하게도 자신과 그가 서로 연결된 듯한 느낌을 받았었다.

그리고 그 이후에도 줄곧 그 끈이 끊어지지 않고 이어져 있으며 그 끈으로 어떤 묘한 감정들이 교류되는 듯한 기분이 들었다.

아직은 영글지 않은 설익은 감정이지만, 그래서 그것이 무엇인지는 모르겠으나, 그녀는 그게 나쁘지 않은 것이기를 간절히 소원했다.

화용군은 운공조식을 하고 싶은데 감민정 때문에 하지 못하고 있는 상황이다.

그가 운공조식을 하는 걸 보면 바보가 아닌 이상 그녀가 당장 죽일 테니까 말이다.

그렇다고 그녀를 밖에 나가 있으라고 할 수도 없다. 그가 운공조식을 하고 있는 동안에 도망치기라도 하면 골치 아픈 정도가 아니다.

곁에 데리고 다니면서 그녀는 보지 말아야 할 많은 것을 봤으며 들었다.

그런 상태에서 그녀가 도망친다면 무정루가 제일 위험해질 것이고 그다음은 용군단이다.

정신도 몸도 찌뿌듯해서 이럴 때 운공조식을 하면 더없이 상쾌할 터이다.

감민정을 살려서 데리고 다닌 이후 그녀 때문에 운공조식을 한 번도 하지 않아서 그는 몸도 마음도 나른하기 짝이 없는 상태다.

그는 고개를 돌려 감민정을 쳐다보았다. 때마침 그녀도 그를 바라보고 있다가 두 사람의 눈이 마주쳤다.

감민정이 깜짝 놀랐다가 얼굴이 붉어지면서 고개를 숙이는 걸 보고 그는 미간을 좁혔다.

그녀가 지금 하는 행동은 부끄러움이 분명하다. 그렇다면 그녀는 어젯밤의 일을 떠올린 것이다.

그녀는 곧 고개를 들어 다시 그를 바라보는데 이번에는 부드럽고 따스한 눈빛이다.

화용군은 흠칫했다. 감민정의 눈빛이 예전 무애와 야조의 눈빛과 닮았기 때문이다.

그녀들은 화용군과 정사를 했었다. 그리고 감민정도 어제 그와 정사를 했다. 세 여자는 그런 공통점이 있는데 이제는 눈빛마저 비슷하다.

화용군은 머릿속이 마구 헝클어지는 기분이 됐다. 그러더니 갑자기 감민정을 짓밟아 버리고 싶다는 생각이 울컥 솟구치며 어쩔 새도 없이 입을 열었다.

"이리 와라."

이성보다 감정이 먼저 튀어 나갔다.

감민정은 화들짝 놀라더니 조심스럽게 다가와 그의 앞에 마주 보고 섰다.

"가까이 와라."

감민정은 쭈뼛거리면서 다가오기는 하지만 추호도 두려운 표정이 아니다.

"더."

그녀는 풍만한 가슴이 그의 얼굴에 닿을 정도로 다가와 멈추고 얼굴이 붉어졌다.

"뒤돌아라."

"네?"

"뒤돌아서라."

그녀가 머뭇거리면서 뒤돌아섰다.

화용군은 짐짓 성난 표정을 지었다. 지금 자신이 하려는 명령 때문이다.

"바지와 속곳을 내려라."

"······."

감민정의 몸이 눈에 띄게 경직됐다.

"못 들었느냐?"

화용군은 언성을 높였다. 그녀가 비록 어젯밤에 술 취한 그에게 해괴한 짓을 했으나 벌건 대낮에 제정신을 갖고는 이런 명령에 따르지 못할 것이라 여겼다.

만약 그런다면 그의 마음도 정리가 될 터이다. 어쩌면 단칼에 죽일 수도 있을 터이다.

사륵······.

그런데 감민정이 천천히 바지와 속곳을 발목까지 내리는 것을 보고 화용군은 뺨을 씰룩거렸다.

그는 자신의 얼굴 앞에 있는 달덩이처럼 희고 탐스러운 둔부를 쏘아보며 더 지독한 명령을 내렸다.

"두 손으로 발목을 잡아라."

이번에 그녀는 망설이지 않고 그대로 따랐다.

화용군의 한 뼘 얼굴 앞에 여자의 신비로운 비궁(秘宮)이

활짝 개방되어 있었다.

감민정은 그대로 가만히 있었다. 떨리지도 않았고 오히려 마음이 차분했다.

화용군은 그녀의 둔부 안쪽을 쏘아보다가 얼굴을 일그러 뜨리고 둔부를 확 밀었다.

"됐다."

"앗!"

쿵!

바지와 속곳이 발목에 걸려 있고 두 손으로 발목을 잡고 있 는 그녀는 그대로 바닥에 나뒹굴면서 볼썽사나운 모습을 드 러냈다.

그녀는 주섬주섬 옷을 입고 원래 자신이 앉아 있던 곳으로 가서 무릎을 꿇었다.

화용군은 자신이 패한 기분이 들었고, 감민정은 승리했다 는 기분이 들었다.

실내에 묘한 분위기가 흐르고 있을 때 밖에서 세단을 오르 는 발걸음 소리에 이어서 목소리가 들렸다.

"총단주, 소인 당무기(唐武基)입니다."

"뭐냐?"

총단선 선부장의 이름이 당무기다.

"어떤 사내가 총단주를 뵙기를 청하고 있습니다."

화용군은 일어나서 문을 열고 밖으로 나갔다.

"자세히 말해봐라."

"총단주의 별호와 이름을 말하면서 자신이 '팔살'이라고 전해주면 총단주께서 아실 거라고 했습니다."

'팔살?'

화용군은 즉시 걸음을 옮겼다.

"어디냐? 가자."

자신이 '팔살'이라고 말할 사람은 한 명뿐이고 혈명십살의 팔살을 말함이다.

며칠 전 화용군이 태산 남쪽 관도상에서 감태정을 죽이려고 할 때 그를 공격하던 혈명팔살이 그가 함정에 빠졌다면서 급히 전음을 보냈었다.

'나는 당신이 남천문 소문주 주고후를 죽여준 덕분에 원한을 갚게 된 사람이오!'

화용군은 그의 말을 믿었다. 그렇지만 함정인 줄 알면서도 감태정을 눈앞에 두고 물러날 수가 없었다. 그래서 뛰어들었다가 육백 대 일의 싸움이 됐던 것이다.

싸우는 도중에도 싸우고 나서도 팔살에 대한 생각은 한 번도 떠올리지 않았었다.

아마도 그 당시에는 무애의 죽음이 슬펐기 때문이었고, 이후에는 백학무숙을 멸문시켜서 그래도 마음이 혼곤했기 때문이었을 것이다.

"저기 저 사람입니다."

총단선이 느린 속도로 가고 있는데 그 옆 오 장 거리에서 한 척의 작은 배가 나란히 달리고 있으며, 그 배에 한 명의 장한이 우뚝 서서 이쪽을 보고 있다. 그는 화용군이 기억하고 있는 혈명팔살이었다.

그는 총단선 후당 오 층 난간으로 나온 화용군을 보더니 가볍게 포권을 하고 나서 말했다.

"날 알겠소?"

"그렇소."

"나는 먼 길을 떠나기 전에 당신을 꼭 만나고 싶었소. 잠시 얘기를 나눌 수 있겠소?"

화용군은 가볍게 고개를 끄떡였다.

"건너오시오."

팔살은 기다렸다는 듯이 작은 배에서 번쩍 신형을 솟구쳐서 총단선으로 날아왔다.

"어떻게 날 찾았소?"

화용군은 조금 전에 자신이 나왔던 방으로 팔살을 들어오게 하여 탁자에 마주 앉았다.

"아까 포구에서 싸우는 모습을 보고 줄곧 따라왔소."

팔살은 혈명살수의 복장을 벗고 평범한 갈의 경장을 입었는데, 살수 특유의 차가움을 의식해서인지 밝게 말하려고 애쓰는 기색이 역력했다.

화용군도 팔살에게 궁금한 것이 있었으나 그가 먼저 말을 하도록 내버려 두었다.

"나는 혈명단을 떠날 결심이오. 길을 떠나기 전에 당신에게 궁금한 것이 있소."

"말하시오."

"당신이 무슨 이유로 남천문 소문주 주고후를 죽였는지 알고 싶소."

팔살은 이십오 세쯤 됐으며 매우 준수하면서도 용맹한 용모를 지녔다.

"그걸 묻기 전에 자신의 진정한 내력을 밝히는 건 어떻소?"

팔살은 아! 하고 낮은 탄성을 터뜨리더니 곧 포권을 하면서 가볍게 고개를 숙였다.

"나는 한기운이라고 하오."

화용군은 움찔했다. 예전 남천문 청룡전주였던 한형록의 딸이자 용군단 상단주가 된 한련의 오빠가 한기운이라고 했으며, 그 오빠는 복수를 하겠다면서 제 발로 혈명단에 들어갔었다고 했다.

이 사람은 그 한기운과 동명이다. 더구나 이 사람은 혈명살수다. 그렇다면 한련의 오빠일 가능성이 높다.

"혹시 여동생이 있소?"

팔살 한기운은 움찔 놀랐다.

"그걸 어떻게 아시오?"

"대답하시오."

"원래는 삼남사녀였는데 가문이 멸문을 당해 다 죽고 나하고 누이동생만 남았소."

'틀림없다.'

한기운은 그리움이 가득한 표정을 지었다.

"누이동생의 이름은 한련이라 하오. 마지막 헤어질 때 그 아이는 항주의 기루에 몸을 의탁하고 있었소."

기막힌 인연이다. 화용군이 감태정을 공격할 때 그것이 함정이라고 알려준 사람이 한련의 하나뿐인 오빠 한기운이었나니, 이런 인연은 결코 흔치 않을 터이다.

그때 밖에서 선부장 당무기의 조용한 목소리가 들렸다.

"총단주, 지단주의 전서구가 도착했습니다."

화용군이 선부장이 갖고 온 전서구의 서찰을 읽어보니 한련이 무정루에 도착했다고 적혀 있었다.

"우린 이따가 얘기합시다."

화용군은 한기운에게 말하고 나서 당무기에게 무정루로 가라고 일렀다.

총단선은 무정루 포구에 정박하여 화용군과 감민정, 그리고 한기운을 내려놓고 나서 호랑을 데리러 다시 출항했다.

화용군은 호위무사의 안내를 받아 어제까지만 해도 그가 묵었던 별채로 향하며 한기운을 돌아보았다.

"따라오시오."

화용군은 한기운에게 아무 설명도 해주지 않고 한련을 직접 만나게 해줄 생각이다.

남매는 팔 년 훨씬 넘게 헤어져 있었다. 그 당시 한기운은 십오 세였고 한련은 십일 세였으니 두 사람이 서로를 거의 알아보지 못할 터이다.

한기운은 낯선 곳이고 또 이곳이 기루인지라 경계하는 표정으로 주위를 두리번거리면서 뒤따랐다. 하지만 화용군을 믿기 때문에 두려움 따위는 없다.

화용군은 이 년 반 전의 한련 모습을 지금도 생생하게 기억하고 있다.

당시 그녀는 항주 자봉각의 명목상 각주인 자봉으로서 천지간에 혈혈단신 혼자 있다가 동병상련 처지인 화용군을 만나서 크게 기뻐하고 의지했었다.

만약 화용군이 주고후에게서 뺏은 열 개의 보석 상자를 그녀에게 선뜻 주지 않았다면 그녀는 아직까지도 항주에서 자봉각주 노릇을 하고 있었을 것이다.

화용군은 그토록 아름다웠던 한련이 어떤 모습으로 성장했을지 자못 기대가 되었다.

별채 안으로 들어서니 방 앞에는 은지화가 서서 화용군을 기다리고 있다가 반색했다.

그녀는 아무 말도 하지 않고 미소만 지으며 문을 열고 한옆으로 비켜섰다.

척—

화용군이 안으로 들어가고 감민정이 뒤따르자 한기운이 실내를 기웃거리면서 잠시 머뭇거렸다.

은지화는 한기운에게 들어가라는 손짓을 해 보이고 그가 들어가기를 기다렸다가 맨 뒤에서 들어갔다.

은지화는 한기운이 누군지 모르지만 화용군이 한련을 만나는 자리에 데리고 온 것으로 미루어 중요한 사람일 것이라고 짐작했다.

또한 은지화는 감민정 역시 누군지 모르지만 화용군의 종이라고만 여겼다.

두 사람의 언행에서 그들이 모종의 연인 관계일 것이라는 느낌을 추호도 받지 못했다.

설사 두 사람이 연인이라고 해도 은지화가 관여할 일이 아니다. 은지화는 화용군의 수하일 뿐이다.

실내에는 한 여자와 중년인이 있었다. 고급스러운 꽃무늬 비단옷에 긴 치마를 입은 여자는 의자에 앉아서 초조한 모습이고, 검을 메고 있는 중년인은 그녀를 호위하듯 두 걸음 떨어진 곳에 서 있었다.

문을 뚫어지게 주시하고 있다가 갑자기 문이 열리는 순간 여자는 움찔 몸을 떨었다.

제일 먼저 화용군이 안으로 들어서자 그의 얼굴을 확인하고는 화들짝 놀란 듯하다가 환하게 기쁜 표정을 온 얼굴에 떠올리며 일어섰다.

"화 상공……."

그녀는 한련이었다. 화용군이 그녀를 처음 본 이 년 반쯤 전에 그녀는 십칠 세였으며 월궁항아(月宮姮娥)보다도 뛰어난 절색 미소녀였었다.

그런데 이 년의 세월이 흐른 지금 그녀는 몰라볼 정도로 다른 모습이 되었다.

지금의 한련을 보면 도대체 아름다움의 끝은 어디까지인지 한계를 알 수가 없을 정도다.

십칠 세 때에도 완벽한 아름다움이었는데 지금은 그때보

다 더 완벽한 아름다움을 지녔다.

몇 년의 세월이 더 흐르면 지금보다 더 완벽한 아름다움을 지니게 될 것 같았다. 그런 식이라면 도대체 '완벽'이라는 말이 의미가 없어진다.

뿐만 아니라 한련은 키도 조금 더 커졌고 몸매는 완연한 여인이 되어버렸다.

화용군은 한련을 보는 순간 반사적으로 천보가 떠올랐다. 천하에서 한련의 미모와 비견할 만한 여자는 천보 한 여자뿐일 거라는 생각에서다.

은지화와 감민정도 아름답다. 그러나 모든 사물에 경중(輕重)이 있듯이 아름다움에도 고하(高下)가 있는 법이다. 세상의 이치는 비교로써 우열을 가리는 것이다.

은지화와 감민정이 제남을 대표할 만한 미녀라면 한련과 천보는 천하에서 쌍벽을 이룰 정도의 절색미녀라고 할 수가 있다.

"한 소저."

두 사람은 이끌리듯이 다가가 두 걸음 앞에 멈추었다.

예전에도 비길 데 없이 준수했던 화용군이지만 이 년여가 지난 지금은 눈이 부실 정도로 멋진 기남자로 변모한 모습이다.

한쪽에 서 있던 중년인 황인강은 화용군이 예전보다 더욱 사내다워지고 체구가 커졌으며 빛나는 청년으로 변한 모습에 감탄을 금치 못했다.

그러다가 문득 정신을 차린 황인강은 급히 화용군에게 전음을 보냈다.

[뭘 하고 있는 겐가, 용군. 소저를 안아주게.]

예전에도 황인강의 말을 잘 들었던 화용군은 앞으로 한 걸음 나서며 어색한 동작으로 두 팔을 벌렸다.

"흐흑……."

그러자 한련이 기다렸다는 듯이 그의 품안으로 쓰러지면서 낮게 흐느꼈다.

그녀의 갑작스런 행동에 화용군은 움찔했다.

한련의 몸은 가녀리고 가벼웠으나 그녀가 안기자 물컹! 하고 가슴이 짓눌렸다.

화용군은 그녀의 등을 부드럽게 쓰다듬기만 했다. 그녀가 왜 우는지 구체적으로 모르기에 위로할 말이 없다.

여자들이 갖고 있는 여리고 섬세한 감정을 무뚝뚝한 그가 이해할 리가 없다.

한련은 그의 가슴에 대고 수줍게 말했다.

"보고 싶었어요."

처음 만났을 때 두 사람은 연인은 물론이고 의남매도 친구도 그 무엇도 아닌 관계였다.

굳이 말하자면 예전 상전과 수하의 자식들 관계였고, 화용군이 보석 열 상자를 주었으므로 막대한 돈을 빌려주고 빌린 사이였을 뿐이다.

그런데 이 년여의 세월이 흐른 지금 두 번째 만남에서 한련의 '보고 싶었다'라는 말 한마디에 두 사람의 관계는 친구 이상이며 어쩌면 연인이 될 수도 있는 비약적인 발전을 하게 되었다.

그래서 사람 사이에는 때때로 오랜 별리(別離)가 남녀의 관계를 영영 남이 되게 만들기도 하고, 반대로 가까운 연인으로 발전시키기도 하는 것이다.

"나도 보고 싶었소."

화용군은 별다른 의미를 담지 않고 그렇게 화답했다. 사실 그도 이따금 한련이 보고 싶었다.

한련은 화용군의 품에서 꽤 오랫동안 벗어나지 않았고, 화용군은 그런 그녀를 억지로 떼어내지 않았다.

키가 크고 건장한 체격의 그에게 안겨 있는 한련은 마치 어른에게 어린 소녀나 딸이 안겨 있는 듯한 모습이다. 그만큼 화용군의 체격이 컸다.

지금 한련은 지난 이 년 반 동안의 밀린 회포를 화용군의 품안에서 풀고 있는 중이다.

황인강은 자신도 오랜만에 만나는 화용군과 인사를 하고

싶었으나 참고 가만히 있었다.

그는 한련이 태어나기 전부터 그녀의 부친 청룡전주 한형록의 심복 수하였었다.

그러므로 그는 한련이 태어나서 지금까지 커온 모든 과정을 속속들이 알고 있는 유일한 최측근이다.

그가 지켜봤을 때 한련은 천하제일의 미녀인 동시에 비상한 두뇌를 지녔고, 티 없이 맑은 성정의 소유자로 성장했기에 그녀가 혼인을 하게 되면 천하제일의 사내를 만나야만 한다는 믿음을 지니게 되었다.

그런 그가 봤을 때 한련의 가장 이상적인 배필은 더도 덜도 아닌 화용군이 제격이다.

그렇기 때문에 그는 한련과 화용군이 이 년 반 만에 해후하는 지금 이 순간을 매우 중요하게 여기는 것이다.

그런데 화용군의 뒤쪽에 서 있던 감민정과 한기운은 이 순간 매우 놀라고 있었다.

감민정은 태어나서 지금까지 한련처럼 절색미녀를 한 번도 본 적이 없었다.

더구나 그런 절색미녀가 화용군과 포옹을 하며 눈물을 흘리면서 보고 싶었다고 말하고, 화용군 또한 자신도 보고 싶었다고 화답을 하고 있으니 묘한 감정에 사로잡혀서 놀라고 있는 중이다.

하지만 한기운의 놀라움은 다르다. 그는 열한 살 때 헤어진 한련은 알아보지 못하지만 황인강의 모습은 똑똑하게 기억하고 있다.

한기운이 알고 있는 황인강은 삼십오 세의 혈기왕성한 청년의 모습이다.

그러나 그동안 팔 년, 아니, 구 년 가까운 세월이 흘러서 황인강은 청년에서 사십 대 중년인이 되었어도 옛 모습이 거의 그대로 남아 있었다.

한기운은 이끌리듯 황인강을 향해 두어 걸음 다가가면서 열뜬 표정으로 입을 열었다.

"황 숙⋯⋯."

조용한 실내에 한기운의 목소리는 뜻밖에도 모두에게 똑똑히 들릴 만큼 컸다.

황인강이 제일 많이 놀랐으며, 화용군과 한련도 포옹을 풀고 한기운을 쳐다보았다.

화용군은 일이 어떻게 된 것인지 즉시 알아차렸다. 한기운이 황인강을 알아본 것이리라.

황인강은 한기운의 밑도 끝도 없는 부름에 어리둥절한 표정을 지었다.

그의 기억에는 한기운처럼 잘생긴, 그러나 낯선 청년의 모습은 들어 있지 않았다.

그렇지만 한기운은 눈물을 글썽이며 한 걸음 더 황기운에게 다가갔다.

"황 숙, 저 기운입니다. 좌청룡(左靑龍)이요."

"뭐어? 자네가……."

황인강의 큰 체구가 후드득 떨렸다.

그 옛날 황인강은 어린 한기운과 놀아주면서 그가 부친 한형록의 좌청룡이고 자신이 우백호라고 자주 말했었다.

황인강뿐만 아니라 한련도 크게 놀란 얼굴로 부지중에 화용군의 손을 잡고 한기운에게 다가왔다.

황인강이 확인을 하기 위해서 흥분을 억제하며 한기운에게 물었다.

"자네 이름이 무엇인가?"

"한기운입니다."

"부친 존함은?"

"한형록……."

두 사람은 이미 울기 시작했다.

"누이동생은? 그녀를 아는가?"

"압니다. 그 아이 이름은 한련이고 내가 지어준 별명은 울보공주였습니다."

"허허허……."

황인강은 굵은 눈물을 뚝뚝 흘리며 기쁘게 웃다가 한 걸음 물러나며 한련을 가리켰다.

"울보공주가 바로 저기 있네."

"……."

한기운은 눈을 휘둥그렇게 뜨고 한련을 쳐다보았다. 그는 설마 화용군이 포옹을 하고 있는 천하절색의 미녀가 자신의 여동생일 줄은 꿈에도 몰랐었다.

"네가… 련이냐?"

목소리가 부들부들 떨렸다.

"으흐흑! 그래요. 제가 오라버니의 어린 울보공주 련이에요……."

울보공주 한련은 흐느껴 울면서 비틀거리며 한기운에게 다가왔다.

"련아… 네가… 네가……."

두 사람은 두 손을 내밀고 이끌리듯 서로에게 다가가며 눈물을 펑펑 흘리다가 서로를 와락 끌어안았다.

제49장

———

정혼녀

　호랑이 황하에 정박해 있는 총단선으로 돌아왔다.

　그녀는 자신들을 배신한 제남부호를 찾아가서 그의 목을 잘라서 수급을 처마에 매달아놓았다. 은혜를 배신으로 갚는 배은망덕한 자에게 어울리는 최후다.

　"용군은 어디에 갔소?"

　그녀는 총단선에 돌아오자마자 화용군부터 찾았다.

　선부장 당무기는 최대한 예의를 갖추어 대답했다.

　"총단주께선 급한 용무를 보러 가셨습니다. 두 분께 이 배에서 푹 쉬고 계시라고 말씀하셨습니다."

"총단주라는 건 무엇의 총단주라는 거요?"

"말씀드릴 수 없습니다."

콱!

"끅……."

호랑은 번쩍 왼손을 내밀어 당무기의 목을 움켜잡았다.

"이 자식, 목뼈를 부러뜨려야 말하겠느냐?"

"끄으으… 그러십시오……."

"……."

호랑의 경험으로는 이런 상황에서는 백이면 백 다 살려달라고 싹싹 비는데 이놈은 별종이다.

살려달라고 빌면 죽이고 싶지만, 죽이라고 하면 살려주고 싶은 게 또한 호랑의 묘한 성격이다.

슥―

"마음에 들었다."

"캐액! 캑! 콜록! 콜록……."

당무기는 선부장의 목을 놓고 돌아섰다.

"내 친구는 어디에 있느냐?"

그녀가 적단호를 찾는 것이라고 생각한 당무기는 비틀거리다가 즉시 그녀의 앞으로 먼저 나갔다.

"저를 따라오십시오."

초저녁 무렵에 무정루 별채에 거하게 술자리가 펼쳐졌다.

원래 그곳에는 없었던 커다란 탁자를 갖다놓고 탁자가 무너질 만큼 미주가효를 가득 차렸다.

오늘 연회는 정말 특별한 자리다. 화용군과 한련이 이 년 반 만에 다시 만났으며, 한련과 한기운 남매가 팔 년여 만에 극적인 해후를 했으니 경사가 겹쳤다.

둥근 탁자의 한련 오른쪽에는 화용군이, 그녀의 왼쪽에는 한기운이 앉았다.

한기운 옆에는 황인강이 앉았는데 화용군하고 마주 앉게 된 셈이다.

무정루의 숙수들이 재료를 갖고 와서 별채 주방에서 갖가지 요리들을 만들었으며, 하녀들이 요리를 나르고 정성껏 시중을 들었다.

은지화는 한련 뒤에 서 있고 감민정은 화용군 뒤 은지화 옆에 무릎을 꿇고 있다.

은지화는 총단주와 상단주가 있는 자리에 감히 합석할 수가 없는 것이며, 감민정은 언감생심 꿈도 꾸지 못했다.

대화를 나누는 사람은 주로 한련과 한기운이다.

남매는 자신들이 헤어진 이후 그동안 살아온 과정에 대해서 이야기를 했다.

그리고 한련은 자신과 화용군이 어떻게 만나서 어떤 관계로 발전을 했는지 이야기했고, 한기운은 화용군이 태산 남쪽 관도상에서 감태정을 비롯한 남천고수, 혈명고수 오백여 명과 어떻게 싸웠는지에 대해서 설명했다.

한기운은 한련 옆에 앉은 화용군을 보며 진심 어린 표정으로 말했다.

"화 형이 우리 남매의 원한을 갚았으며 또한 우리 남매를 살렸소."

그는 자리에서 일어나 화용군에게 고개를 숙였다.

"뭐라고 감사의 말을 해야 할지 모르겠소, 화 형."

그의 인사를 앉아서 받을 수가 없어서 화용군도 따라 일어나 손을 저었다.

"이러지 마십시오, 형님."

그가 갑자기 '형님'이라고 부르자 한기운만이 아니라 다들 놀랐다.

한기운은 손을 휘휘 저었다.

"형님이라니, 당치도 않소. 화 형은 이제 대명이 쟁쟁한 탈명야차인데 어찌……."

"한 소저의 오빠인데 당연히 형님으로 모셔야지요."

화용군의 말에 한련은 기쁘면서도 부끄러운 듯 얼굴을 붉히며 그를 바라보았다.

원래 손위 처남을 형님이라고 부르는 풍습이 있어서 한련과 황인강은 그런 뜻으로 받아들였다.

흡족한 표정의 황인강이 기회는 이때다 싶어 미소를 지으며 중재를 했다.

"두 사람 다 앉게."

둘을 자리에 앉힌 후에 황인강은 화용군에게 진지한 표정으로 물었다.

"용군, 자네 우리 소저를 어떻게 생각하고 있는가?"

화용군 역시 진지한 얼굴로 한련을 보며 대답했다.

"천하의 사내라면 누구라도 한 소저에게 반하겠지요."

"천하의 사내가 아니라 자네 개인의 생각을 묻는 걸세. 자네도 반했나?"

"네?"

"황 숙……."

황인강의 직설적인 물음에 화용군은 당황했고 한련은 부끄러워서 어쩔 줄 몰랐다.

그러면서도 그녀는 화용군이 뭐라고 대답할 것인지 몹시 긴장하여 조심스럽게 그를 바라보았다.

화용군은 멋쩍은 표정을 지었다.

"반하는 것이 어떤 것인지는 모르겠지만 한 소저에게 좋은 감정을 갖고 있는 것은 맞습니다."

황인강이 이번에는 한련에게 물었다.

"소저는 용군을 어떻게 생각하십니까?"

그는 한련에게만은 매우 공손했다.

한련은 화살이 자신에게 돌아오자 얼굴이 빨개졌으나 지금이 매우 중요한 순간임을 깨닫고 자신의 마음을 솔직하게 밝혔다.

"소녀는 죽을 때까지 화 상공 한 분만을 지아비로 섬기겠다는 맹세를 소녀 스스로에게 했어요."

"한 소저……."

그녀 입에서 설마 그런 말이 나올 줄은 전혀 예상하지 못했던 화용군은 너무 놀라서 그녀를 불러놓고는 말을 잇지 못했다.

한련은 얼굴이 더욱 붉어졌으나 용기를 내서 화용군을 바라보며 그윽한 눈빛으로 말을 이었다.

"이 년 전 항주 자봉각에서 화 상공을 만났을 때 소녀는 운명이 이루어졌다고 생각했어요. 그리고 그때 화 상공의 여자가 되기로 결심했어요."

화용군은 머쓱한 얼굴로 물었다.

"내가 보석 상자를 주었기 때문이오?"

"설마 그럴 리가 있겠어요?"

화용군은 대수롭지 않게 물었으나 한련은 펄쩍 뛰었다.

"자네 혹시 선친에게 뭔가 들은 말이 없었나?"

황인강이 넌지시 물었다.

"무엇에 대해서 말입니까?"

"자네의 정혼녀에 대해서."

화용군은 눈을 깜빡거렸다. 그의 기억력은 타의 추종을 불허할 만큼 비상하다.

그런 기억력에 의하면 그 옛날 선친께서 분명히 그런 말을 한 적이 있었다. 아주 어렸을 때였는데 아마도 여섯 살쯤 됐을 때였다.

"그런 말씀을 하신 적이 있었습니다. 아버님께서 저의 정혼녀를 정하셨다고… 하지만 그녀가 누군지 말씀해 주시지는 않았습니다."

"화 단주께서 그런 말씀을 하신 시기가 언제쯤이었는지 기억하고 있나?"

"구월 중순이었습니다."

그의 놀라운 기억력에 다들 감탄하면서 대화에 빠져들었다.

"구월 초순에 기억에 남을 만한 일이 없었나?"

"구월 초순이라면 아마 청룡전주님의 생신 연회가 열렸을 것입니다."

황인강은 고개를 끄떡였다.

"그 자리에 나도 있었네."

"기억합니다."

"허허… 자네 기억력은 정말 대단하군."

황인강은 한련을 쳐다보았다.

"그다음은 소저께서 직접 말씀하십시오."

한련은 아직 한 잔도 마시지 않은 술잔을 만지작거리면서 고개를 숙였다.

"연회가 끝난 후에 소녀가 아버님께 졸랐어요. 화 숙의 아들과 혼인하고 싶다고요."

"……."

화용군은 놀라면서도 어이없는 표정을 지었다. 그 당시 여섯 살이었던 그가 부친을 따라갔다가 연회에서 처음 본 한련은 겨우 다섯 살이었다.

"그랬더니 아버님께서 저를 무릎에 앉히시고는 화 숙께 물어보겠다고 말씀하셨어요."

"하아… 그런 일이……."

황인강이 말을 받았다.

"전주께선 며칠 후에 사석에서 화 단주께 그 일에 대해서 말씀하셨으며 화 단주께선 쾌히 승낙하셨었네. 그래서 두 분은 장차 자네가 이십 세가 되면 소저와 혼인시키기로 약속을 하셨네."

화용군은 적잖이 놀라는 표정을 지었다.

"청룡전주님 생신연회 며칠 후에 아버님께서 몹시 취해서 집에 돌아오셔서서 저를 부르시곤 매우 흡족하게 말씀하셨습니다. 저의 정혼녀를 정했다고 말입니다."

"그 정혼녀가 바로 소저였네."

화용군은 새로운 사실을 알게 되어 크게 놀라는 심정으로 바로 옆에 앉은 한련을 물끄러미 바라보았다.

"아버님께서 정하신 정혼녀가 그대였을 줄은 몰랐소."

황인강이 껄껄 웃었다.

"헛헛헛! 화 단주께서 정하신 게 아니라 소저께서 자넬 콕 찍어서 정하셨던 걸세."

"황 숙……."

한련은 너무 부끄러워서 그만하라는 눈빛으로 황인강을 바라보았다.

화용군이 쳐다보자 한련은 빨개진 얼굴로 고개를 푹 숙인 채 어쩔 줄 몰랐다.

화용군은 어떻게 나섯 살짜리 어린 여자아이가 혼인할 상대를 스스로 정할 수 있으며, 또 그런 부탁을 부친에게 할 수 있었는지 궁금했다.

"어떤 마음으로 나하고 혼인하겠다고 결정했었소?"

한련은 고개를 푹 숙인 채 목덜미까지 붉히고는 기어드는 목소리로 겨우 대답했다.

"화 숙의 영식(令息:아들)이 항주 제일의 신동이라는 소문을 익히 들어서 꼭 한번 만나고 싶었어요."

"만나보니 어땠소?"

"너무 예뻐서 한눈에 반했어요……."

화용군은 어이없는 표정을 지었다.

"허어… 예뻤다고요?"

"네. 소녀는 소녀보다 더 예쁜 사람을 본 적이 없었어요. 그런데 화 상공은 사내아이면서도 눈이 멀 정도로 아름다웠어요. 그래서……."

그것으로 대답은 충분하고도 넘쳤다.

화용군은 한련을 위로할 요량으로 탁자 밑으로 손을 뻗어 그녀의 손을 가만히 잡았다.

"……."

한련은 자신의 허벅지 위에 손을 얹고 있다가 화용군이 오른손을 가만히 잡자 깜짝 놀랐으나 곧 조심스럽게 고개를 들고 그를 바라보았다.

그녀의 얼굴에는 고마워하는 표정이, 그리고 두 눈에는 애정이 듬뿍 담겨 있었다.

화용군은 아무 말도 하지 않고 그저 빙그레 미소만 짓고 있지만 그 미소가 한련에게는 큰 위로가 되었다.

그녀는 자신의 손을 잡은 아버지의 손처럼 커다란 화용군의 손을 고사리 같은 섬섬옥수로 힘주어서 꼭 마주 잡았다.

그러는 바람에 화용군의 손등 한쪽은 그녀의 허벅지 안쪽에, 그리고 한쪽은 아랫배에 닿게 되었으나 그는 손을 빼지 않고 가만히 있었다.

두 사람이 손을 잡고 있는 것은 그들의 뒤에 있는 은지화와 감민정에게만 보였다.

은지화는 흐뭇한 미소를 지었으나 감민정은 왠지 슬픈 마음이 파도처럼 밀려들었다.

"자네 올해 몇 살인가?"

황인강이 주위를 환기하듯 화용군에게 물었다. 그의 나이를 몰라서 묻는 게 아니라 뭔가를 작심한 듯 했다.

"스물입니다."

"아버님께서 정해주신 혼약, 즉 이십 세에 소저와 혼인하라는 말씀을 따를 생각인가?"

화용군은 즉답하지 않고 잠시 생각했다.

그의 부모와 누나는 이제 이 세상 사람이 아니다. 그런데 부친이 살아생전에 그의 정혼녀를 정해놓았다니 마치 돌아가신 아버지와 자신이 보이지 않는 끈으로 연결된 듯한 느낌이 들었다.

그는 탁자 아래 한련의 손을 놓고 허리를 펴고는 엄숙한 표정을 지었다.

"몰랐으면 모르지만 이제 알게 됐으니 선친의 유지를 받들어야지요."

그 말은 자칫 한련하고의 감정이 무엇이든 일단 접어두고 선친의 유지를 받들겠다는 뜻으로 들릴 수도 있다. 그는 그걸 깨닫고 곧 덧붙였다.

"지금부터 한 소저를 사랑하도록 노력하겠습니다."

"그런 마음이라면 호칭부터 바꿔야겠지."

한련을 '한 소저' 라 부르는 것을 고치라는 뜻이다.

화용군은 머쓱한 표정으로 한련을 쳐다보다가 용기를 내서 입을 열었다.

"연 매."

"연아… 라고 부르세요."

한련이 고개를 푹 숙이고 목덜미까지 붉히면서도 고운 욕심을 부렸다.

"연아."

"네, 용 가."

서로 '연아' 니 '용 가' 라고 호칭을 하니까 갑자기 훨씬 더 친해진 것 같은 기분이 들었다.

주흥이 도도해졌고 화용군은 이처럼 화기애애한 분위기를 만끽했던 기억이 어렸을 때 말고는 없었던 터라 자못 흥이 올라 노래 같은 시를 읊었다.

─늙은 어부는 밤에 서쪽 바위에 자고(漁翁夜傍西巖宿). 새벽에 맑은 상수의 물 길어 대나무로 불 지핀다(曉汲淸湘燃楚燭).

그 옛날 청룡전주 생신연회에서 다섯 살짜리 어린 한련이 읊었던 '어옹(漁翁)'이다.

한련이 발그레한 얼굴로 화용군을 바라보더니 장미 꽃잎처럼 빨간 입술로 함께 불렀다.

─안개 사라지고 해가 떠오르는데 사람은 보이지 않고(煙銷日出不見人). 배 젓는 소리 산과 물은 푸르기만 하다(欸乃一聲山水綠)

그 시를 알고 있는 한기운과 황인강까지 가세하여 합창을 했다.

─머리 돌려 하늘 끝 바라보며 강 중간을 내려가니(回看天際下中流). 바위 위엔 무심한 구름만 서로 쫓아가네(巖上無心雲相逐).

화용군은 인사불성이 될 정도로 대취했다.

자신이 대취하면 정신을 잃는다는 사실을 알면서도 취한 이유는 자신이 언제 취했는지 모르기 때문이다.

술을 마시면서 무척 기분이 좋았는데 어느 한순간부터 정신을 잃고 아무 기억도 나지 않았다.

화용군은 만취한 상태에서 잠이 들고 나서 한 번쯤 문득 정신이 들었다.

그런데 누워 있는 그의 몸 위에서 나신의 한 여자가 인어처럼 희고 눈부신 육체를 꿈틀거리면서 그와 격렬한 정사를 하고 있었다.

화용군은 그것이 현실인지 꿈인지 갈피를 잡지 못하고 이성을 상실한 상태에서 그녀를 쓰러뜨리고 짓밟았다.

"음……."

늦은 아침에 잠에서 깬 화용군은 머리가 깨질 것 같은 지독한 숙취를 느꼈다.

그는 눈을 뜨고 천장을 물끄러미 응시하다가 지난밤 비몽사몽 중에 자신이 어떤 여자하고 격렬한 정사를 나누었다는 기억을 떠올렸다.

"끙……."

상체를 일으키고 이불을 걷어서 보니까 그는 차분하게 잠옷을 입은 채 침상에 혼자 누워 있었다.

아래를 쳐다보니까 침상 아래 바닥에 옷을 입은 감민정이 쪼그려 자고 있다.

"너였느냐?"

화용군은 짚이는 바가 있어서 그녀에게 물었다.

감민정은 즉시 일어나 화용군 쪽을 향해 무릎을 꿇고 공손히 고개를 숙였다.

"네, 주인님."

"……."

설마 해서 물었는데 지난밤 정사를 나눈 여자가 감민정이었다고 한다.

화용군이 엄청 취했었기 때문에 감민정은 자신은 모르는 일이라고 딱 잡아뗄 수도 있는데 솔직하게 대답했다.

화용군으로서는 이런 상황을 도대체 어떻게 이해를 해야 할지 모르겠다.

두 사람은 주종의 관계라고 하지만 그런 말로는 두 사람을 설명할 수가 없다.

물에 술 탄 듯, 술에 물 탄 듯한 이런 상황을 화용군은 아주 싫어한다. 그는 선명한 것을 좋아한다.

그렇지만 지금으로썬 감민정을 어떻게 해야 할지 결정을 내리기가 어려웠다.

그냥 죽여 버리면 간단한 일인데, 설마 두어 번 정사를 한 것 때문에, 그것도 감민정에게 일방적으로 당한 일로 그녀를 죽이지 못하는 것인가 하는 생각에 그는 마음이 복잡하게 헝클어졌다.

남자끼리의 관계는 친구 아니면 적, 그것도 아니면 아무것도 아닌 사이라는 식으로 선명하게 갈리는데 남녀 사이는 절대로 그렇지가 않다.

수컷(雄)과 암컷(雌)의 관계라는 것은 참으로 신비하고 미묘하며 복잡하기 짝이 없다.

남녀가 서로 모르는 사이일 때는 열여덟 살 먹은 소녀에게 사십 살 먹은 사내는 단지 아버지뻘이다.

그렇지만 어떤 연유로 두 사람이 강간이 아닌 자발적으로 몸을 섞게 되면 이십 살 이상의 나이 차는 아무 문제도 아닌 여보 당신이 돼버리는 것이다.

여자의 나이가 더 어려도 상관이 없고, 남자의 나이가 훨씬 더 많아도 문제가 되지 않는다.

열다섯 살 어린 소녀와 육십 대 사내라고 해도 그런 괴이한 관계는 여지없이 성립된다.

시집까지 가서 자식들을 낳은 손녀를 둔 육십 대의 사내가 기루에 가서 손녀보다 어린 여자아이들을 품에 안고 쾌락을 얻는 것이 보통이다.

그러니까 여자에게 있어서 남자는 혈연관계만 아니라면 나이불문하고 단지 남자일 뿐이고, 남자에게도 여자란 그저 여자이다.

서로 유지하고 있는 가느다란 균형이 무너져 버리면 즉시 여보 당신이 돼버리기 때문이다.

하지만 그런 복잡하고도 미묘한 남녀 간의 섭리에 대해서 화용군은 전혀 알지 못한다.

감민정과 처음 몸을 섞었을 때 이미 주종관계가 무너지고 암암리에 암컷과 수컷, 여보 당신의 관계로 발전됐다는 사실을 그는 모르는 것이다.

화용군은 착잡한 심정으로 다시 자리에 똑바로 누웠다.

감민정은 여전히 그를 향해 무릎을 꿇고 있다. 그러든지 말든지 그는 개의치 않고 눈을 껌뻑거리며 천장을 물끄러미 응시했다.

그러다가 깜짝 놀랐다. 지난밤에 그는 인사불성이 될 정도로 만취했었다.

오죽하면 감민정이 그의 몸 위에 올라와서 정사를 하는데도 몰랐을 정도였다.

그렇다면 지난밤에는 감민정이 마음만 먹으면 언제라도

그를 죽일 수 있는 상황이었다는 뜻이다.

그런데 그녀는 그를 죽이지 않았다. 정사만 하고는 침상 바닥에 웅크린 채 자고 있다.

도대체 무슨 속셈인가. 설마 원한이나 복수 같은 것을 망각하기라도 했다는 말인가.

감민정의 무슨 속셈이고 또 그녀의 심정이 어떻든 간에 화용군은 이렇게 괴이한 관계로는 그녀를 곁에 두는 것이 옳지 않다는 생각이 들었다.

"정아."

"네?"

화용군은 그녀를 딱히 부를 호칭이 없어서 이름을 불렀으나 당사자인 그녀는 소스라치게 놀라며 크게 감동했다. 그러나 감동은 오래 가지 못했다.

"가거라."

"네?"

"널 놔줄 테니까 아무데나 너 가고 싶은 곳으로 가라."

"......"

감민정은 처음에는 믿어지지 않는다는 표정을 지었다가 곧 복잡한 표정으로 바뀌었다.

그러고는 마지막으로 단호한 표정을 지으면서 세차게 고개를 가로저었다.

"가지 않겠어요."

화용군은 감민정이 자신의 말을 제대로 알아듣지 못한 것이라고 생각했다.

털끝 하나 건드리지 않고 놔주겠다는데 가지 않을 이유가 없기 때문이다.

"왜 가지 않겠다는 것이냐?"

감민정은 무릎을 꿇고 상체를 꼿꼿하게 세운 자세로 물끄러미 화용군을 바라볼 뿐 대답하지 않았다. 아니, 대답할 말이 없는 것 같았다.

화용군은 감민정을 놔주어도 큰 위험이 되지 않을 것이라고 판단했다.

감민정이 몇 가지 비밀을 알고 있으나 그걸 누구에게 말한다고 해도 별다른 위협이 되지 않을 것이기 때문이다.

감민정은 괴로운 표정을 지으며 한동안 아무 말도 하지 않다가 용기를 내서 말했다.

"주인님, 소녀를 보내지 마세요."

"갈 곳이 없느냐? 먹고살 만큼의 돈을 주마."

"사랑해요."

"……"

"그래서 주인님 곁을 떠날 수가 없어요."

콱!

"네년이 감히!"

화용군은 손을 뻗어 감민정의 가늘고 긴 목을 와락 움켜잡았다.

그가 슬쩍 힘만 주면 그녀의 모가지는 수수깡처럼 부러지고 말겠지만, 그녀는 얼굴에 피가 몰려서 점점 붉어지면서도 눈을 꼭 감고 가만히 있었다.

꼭 감은 그녀의 두 눈에서 눈물이 흘러내리는 것을 보고 화용군은 가슴이 답답해져서 손에 힘을 풀었다.

감민정이 바닥에 엎드려서 심하게 기침을 해대는 모습을 보며 화용군은 착잡한 표정을 지었다.

늦은 아침 무렵.

소작루 앞에 한 대의 마차가 멈추더니 어자석에 앉아 있는 두 명의 무사 중 한 명이 상자 두 개를 안고 소작루 안으로 들어갔다.

무사는 소작루 뒤편 하녀들이 묵는 낡은 이 층 건물 쪽으로 가서 지나는 하녀에게 누군가의 거처를 묻더니 잠시 후에 보영의 방으로 찾아갔다.

같이 방을 쓰는 하녀들은 일을 하러 나갔고, 보영 혼자 방을 청소하고 있다가 무사를 맞이했다.

"누구신지요?"

무사는 누추하기 짝이 없는 방을 둘러보고는 먼저 방바닥
에 앉아서 보영에게 앉기를 권했다.

"화용군이라는 분을 아십니까?"

"용군에게 무슨 일이 있나요?"

보영은 안색이 크게 변해서 급히 무사 앞으로 바투 다가앉
았다.

"그게 아니고 나는 화용군 대인이 보내서 왔습니다."

"용군이 무슨 일로……."

쿵—

무사는 안고 있던 두 개의 붉은 상자를 바닥에 내려놓고 나
서 상자를 가리켰다.

"열어보십시오."

"이게 뭔가요?"

도무지 영문을 알지 못하는 보영의 얼굴에는 그저 두려운
표정만 가득했다.

무사는 안 되겠다 싶은지 자신이 직접 차례로 두 개의 쇠상
자 뚜껑을 열었다.

끼릭…….

"아……."

쇠 상자 안에 반짝이는 은자가 가득 들어 있는 것을 보고
보영의 얼굴에 놀라움이 가득 떠올랐다.

"화용군 대인께서 보영 낭자와 미조 낭자에게 보낸 돈이며 각 은자 만 냥씩입니다."

"……."

보영은 초췌한 얼굴로 두 눈을 동그랗게 크게 뜨고 무사를 바라보았다.

"용군이……."

"화용군 대인께선 두 분이 고향으로 가시기를 바라고 계십니다. 밖에 긴 여행에 적합한 마차가 준비되어 있으니 두 분은 그냥 몸만 나오시면 됩니다. 저희가 두 분을 고향으로 모시겠습니다."

"아아……."

보영은 은자 만 냥이라는 거금을 만져보기는커녕 눈으로 본 적조차 없었다.

은자 천 냥이면 보영을 비롯한 고향의 가족들이 평생 호의호식하면서 살 수 있는데 만 냥이라면 얼마나 거금인지 상상도 할 수가 없다.

그런 거금을 주면서 안전하게 고향까지 데려다주겠다니, 그녀의 형편없는 인생에서 이런 일이 일어난다는 게 믿어지지 않았다.

"미조 낭자를 부르시지요."

보영은 가슴이 부들부들 떨렸다.

"용군은 어디에 있나요?"

"어제저녁에 먼 길을 떠나셨습니다."

사실 화용군은 바로 옆 무정루에 있지만 무사는 사실대로 말하지 않았다.

화용군은 어제 은지화에게 보영과 미조에 대해 설명하면서 그녀들에게 충분한 돈을 주어 고향으로 보내라고 일러두었었다.

화용군으로서는 보영과 미조를 고향의 가족 품으로 보내는 것이 최선이라고 생각했다.

"용군은 언제 오나요?"

무사는 고개를 모로 꼬았다.

"아마 몇 달 걸리실 겁니다."

화용군은 자신이 직접 나서면 이별이 힘들어질 것 같아서 은지화에게 맡겼던 것이다. 그리고 은지화는 용군단 휘하의 무사에게 이 일을 지시했다.

"용군이……"

보영은 하염없이 눈물을 흘리면서 말을 잇지 못했다.

무사는 그 모습을 보며 부드럽게 위로했다.

"두 분이 고향에 당도하면 제가 화용군 대인께 고향집의 위치와 사정에 대해서 보고할 것입니다. 그럼 추후 대인께서 두 분을 찾아가실 수도 있습니다."

"그런가요?"

"그렇습니다. 자, 갈 길이 머니까 서두르십시오."

무사가 먼저 일어나며 재촉했다.

보영은 눈물을 그치지 못하면서 기쁜 마음으로 미조를 부르러 달려갔다.

제50장

———

동
해
로

같은 시간. 무정루 별채의 어느 방에 화용군과 한련 두 사람이 마주 보고 서 있다.

"소녀는 이번에 항주로 가요. 그곳에 용군단 지단을 세울 거예요."

"애쓰는군."

화용군은 어제 한련을 '연아'라고 부른 이후부터 그녀에게 하대를 하고 있다.

"소녀가 어제 너무 당돌했지요?"

한련은 고운 얼굴을 들어 수줍게 그를 올려다보았다.

어제 술자리에서 그녀가 먼저 화용군에게 고백을 했기 때문이다.

"소녀는 죽을 때까지 화 상공 한 분만을 지아비로 섬기겠다는 맹세를 소녀 스스로에게 했어요."

슥—
"그럴 리가 있나?"
"아……."
화용군은 팔을 뻗어 한련의 가느다란 허리를 감아 가볍게 앞으로 당겼다.
어제 선친이 어린 시절의 화용군에게 말했었던 정혼녀가 한련이었다는 사실을 알게 되고, 이어서 그녀와 혼인을 하겠다고 약속까지 했던 그는 그때부터 보면 볼수록 그녀가 아름답고 또 마음에 들었다.
사실 그는 가까운 사람이 하나둘 곁을 떠나 주위에 아무도 남아 있지 않아서 세상천지에 자기 혼자 남은 것처럼 외로움을 느끼고 있었다.
정식으로 혼인 약속을 했었던 구주무관의 단소예는 용군단 광성전에서 백방으로 찾고는 있지만 아직까지 아무런 소식이 없다.

여러 모로 봤을 때 그녀는 죽은 것이 기정사실일 정도로 생존 가능성이 희박하다.

아마도 어디 아무도 모르는 곳에서 죽어 시신을 찾지 못하고 있는 게 아닌가 싶다.

무애와 야조도 죽었으며 반옥정은 아직까지 돌아오지 않는 걸 보니 그녀도 십중팔구 죽은 것이 분명하다.

그러니 이제 그에게 가까운 사람이라곤 한련뿐이다. 그녀와 혼인을 하게 되면 처남인 한기운도 가족이 된다.

그렇게 생각을 하니 한련의 고백이 오히려 고맙고 기껍기까지 했다.

"나도 연아를 사랑하도록 노력하마."

그는 한련을 바싹 끌어당겨 밀착하며 온화하게 말했다.

"아……."

한련은 기쁜 표정으로 그의 가슴에 뼈가 없는 듯 안겼다.

두 사람에게서 세 걸음쯤 떨어진 곳에는 감민정이 무릎을 꿇고 앉아서 물끄러미 바라보고 있다.

화용군은 괜히 감민정 앞에서 도발을 하고 싶은 마음이 불끈 생겼다.

너 따위 종년이 아니라 내겐 이처럼 아름답고 훌륭한 정혼녀가 있다는 일종의 유치한 시위다.

그는 이 자리에서 한련하고 이별의 말을 주고받을 생각이었으나 감민정 때문에 도를 넘게 되었다.

그는 자신의 가슴에 묻고 있는 한련의 턱을 살며시 들어 입을 맞추었다.

한련의 눈이 화등잔처럼 커졌으나 그가 입을 열려고 하자 조심스럽게 거기에 순응하여 입술을 열었다.

혀가 매끄럽게 화용군의 입안으로 빨려 들어가자 그녀는 눈을 꼭 감고 몸을 바들바들 떨었다.

화용군은 한 손으로 한련의 아담하고 풍만한 둔부를 쓰다듬으면서 다른 손으로 가슴을 더듬었다.

한련은 바로 옆에 감민정이 있다는 사실을 알고 있으나 그녀 때문에 이 행위를 그만두게 하고 싶지는 않았다.

사실 화용군 옆에 그림자처럼 붙어 있는 정체 모를 한 여자가 조금쯤 신경에 거슬렸던 한련이다.

그런데 화용군이 그 여자가 보는 데서 이런 행동을 하자 크게 안심이 되었다.

이것은 그 여자가 화용군에게 아무것도 아닌 존재였다는 간접적인 증거인 것이다.

탁탁탁…….

그때 한련이 주먹으로 그의 어깨를 때렸다.

그는 흠칫하여 행동을 멈추었다. 그가 한련의 혀를 너무 세게 빨아대고 있었다.

얼마나 아팠으면 그녀는 눈물까지 흘리고 있었다. 뿐만 아니라 두 손으로 그녀의 젖가슴과 둔부 역시 터질 듯이 힘주어 움켜쥔 상태다.

그는 한련을 놓아주고 한 걸음 뒤로 물러나며 미안한 표정을 지었으나 아무 말도 하지 않았다.

감민정이 보고 있는 곳에서 한련에게 사과 같은 것은 하고 싶지 않았다.

"몸조심해라."

그는 빨개진 얼굴의 한련 손을 잡고 사과하는 대신에 문으로 이끌었다.

"바래다주마."

그는 한련의 손을 꼭 잡았다. 아름답기 그지없으며 순진하기 짝이 없는 그녀에게 몹쓸 짓을 한 것 같아서 손을 꼭 잡아서라도 자신의 편치 않은 마음을 전하고 싶었다.

그래서인지 포구로 걸어가면서 한련은 그를 바라보며 빨개진 얼굴로 낮게 속삭였다.

"미안해요."

당신의 행동에 따라주지 못한 나의 어설픈 반응을 사과한다는 뜻인데 그게 그의 마음을 더 착잡하게 만들었다.

포구에는 뜻밖의 일이 화용군을 기다리고 있었다.

한련이 자신이 타고 온 배를 화용군에게 양보하고 자신은 다른 배를 지휘선으로 바꾼 것이다.

그녀가 양보한 배는 원래 화용군의 배보다 세 배 정도 더 컸으며 대형 돛이 다섯 개나 달렸다.

"연아."

"용 가께서 작고 초라한 배를 타고 계시면 소녀의 마음이 불편해요."

"고맙다."

화용군은 한련의 마음씀씀이가 무척 고마웠다.

원래 사용하던 총단선으로도 불편함이 없었으나 한련의 마음을 거절하지 않기로 했다.

*   *   *

화용군은 동명왕 일가가 있는 동해 고산도로 출발하는 일을 잠시 미루었다.

은지화가 반옥정의 행방을 알아냈다는 것이다.

정오쯤 제남을 출발한 화용군은 전력으로 달려서 늦은 오후 무렵에 양길촌 무량원에 도착했다.

은지화의 명령을 받은 용군단 휘하 정보 조직인 광성전은 양길촌 무량원에 반옥정이 있다는 사실을 알아냈다.

광성전 제남 분전(分殿)은 제남뿐만 아니라 산동성 전역의 하오문들을 완벽하게 장악하고 있다.

천하의 하오문들은 어느 집에 신발이 몇 켤레고 젓가락이 짝짝이라는 것까지 꿰뚫고 있으므로 그들의 눈을 속이는 것보다는 하늘을 속이는 게 쉬울 터이다.

하물며 하루 종일 대문이 활짝 열려 있는 무량원에 대해서라면 모르는 것이 이상할 것이다.

물론 광성전에서는 무량원에 반옥정이 있다고 콕 찍은 것이 아니라 그런 비슷한 사람이 들어왔다고 보고했으나 그녀에 대해서 목을 길게 빼고 기다리는 화용군은 참지 못하고 한달음에 달려왔다.

"이틀 전 밤에 마당에 쓰러져 있는 걸 발견했네."

무량원의 새로 지은 안쪽 별채의 방 안에서 무량선인이 반옥정의 상처에 약을 바르면서 말을 이었다.

광성전 제남분전의 정보는 정확했다. 무량원에 새로 들어온 환자는 반옥정이었다.

"고비는 넘겼네만 여전히 상태가 심각하네."

반옥정은 침상이 아닌 바닥의 이불 위에 반듯한 자세로 누워 있으며 깊은 혼절에 빠져 있다.

화용군은 치료를 하고 있는 무량선인 옆에 앉아서 굳은 표정으로 반옥정을 굽어보았다.

반옥정은 알몸으로 누워 있는데 온몸이 만신창이 형편없는 몰골이다.

화용군이 자세히 살펴보니까 한결같이 검에 찔리고 베인 상처다.

그렇지만 다행히 전부 급소를 아슬아슬 피했다. 그중 하나라도 제대로 당했다면 반옥정은 무량원까지 오지도 못하고 고혼이 됐을 것이다.

감태정을 비롯한 남천고수와 혈명살수 육백여 명과 싸울 때 화용군은 반옥정을 강 건너 안전한 곳에 데려다놨었는데 이 지경이 되다니 도대체 무슨 일이 있었던 것인가 궁금하기 짝이 없다.

"내가 도울 일은 없소?"

"입 다물고 가만히 있는 게 돕는 거야."

화용군은 말을 꺼냈다가 무량선인에게 면박만 당했다.

"살아나겠소?"

그렇지만 그 말을 묻지 않을 수가 없다.

"살려야지."

무량선인은 집념 어린 표정으로 치료에 몰두하면서 자신에게 말하듯 중얼거렸다.

화용군이 도착하고 나서 두 시진 후에 감민정이 양길촌에 도착하여 무량원으로 들어섰다.

  화용군은 너무 급한 나머지 감민정을 챙길 여유 없이 혼자 전력으로 달려가 버렸다.

  감민정은 그가 양길촌 무량원으로 갔다는 사실을 알고 있으므로 혼자서 찾아온 것이다.

  그녀는 마당에서 만난 무량선인의 부인 혜령에게 공손하려고 애쓰며 물었다.

  "화 용군 대인께서는 어디에 계신가요?"

  "누구죠?"

  먼 길을 달려와서 옷과 머리에 흙먼지가 뽀얗지만 옷차림과 반듯한 행동으로 미루어 명문의 자손이라 짐작한 혜령이 경계하듯 물었다.

  "화 대인의 종이에요."

  "풍객 삼촌 종이라는 건가요?"

  "그래요. 그분은 어디 계시죠?"

  감민정은 풍객 삼촌이 누군지 모르지만 화용군을 칭하는 것이라고 짐작했다.

  척—

문을 열고 들어선 감민정은 저만치 맞은편에 화용군이 어떤 환자 앞에 책상다리로 앉아 있는 것을 발견하고 조심스럽게 다가가 그의 뒤 두 걸음쯤에 무릎을 꿇고 앉았다.

화용군은 그녀가 온 줄 모르는 것처럼 돌부처가 된 듯 그 자리에서 꼼짝도 하지 않았다.

감민정은 태산처럼 거대한 화용군의 뒷모습을 물끄러미 바라보다가 문득 눈물이 흘러내렸다.

자신의 신세가 처량하기도 하고 그녀를 사갈시하는 화용군이 야속하기도 해서 속절없이 눈물이 흘렀다.

화용군은 틈틈이 반옥정에게 진기를 주입시켰다.

그에게 마지막 남은 최측근이 있다면 누가 뭐라고 해도 반옥정뿐이다.

그녀를 그 누구하고 비교한다는 자체가 어불성설이다. 감민정 따위를 반옥정하고 비교하는 것은 말이 안 된다.

그리고 한련하고도 비교가 안 된다. 한련은 정혼녀지만 반옥정은 측근이다.

화용군은 반옥정에게 진기를 주입하기 위해서 감민정을 뒤에 놔둔 채 때때로 운공조식을 했다.

운공조식을 하지 않고 무작정 반옥정에게 진기를 주입했다가는 탈진하고 말 것이다.

또한 그가 운공조식을 하더라도 감민정이 해코지를 하지
않을 것이라는 믿음이 있기 때문이다.

그녀에게 죽일 생각이 있었다면 그가 술에 만취하여 인사
불성이 됐을 때 죽였을 것이다.

그녀를 죽이지도 못하고 이런 식으로 마지못해서 곁에 두
고 있으려면 믿을 수밖에 없다.

그의 목숨은 그녀가 죽이려고 하면 죽을 수밖에 없는 값싼
목숨이 아니지만 어쩔 수가 없다.

척—

무량선인이 새로운 약을 갖고 방으로 들어왔다.

그는 천보 정도는 아니지만 탁월한 의술을 지니고 있어서
제남 인근에서는 소문이 자자한 편이다.

무량선인은 화용군 뒤에 무릎을 꿇고 꼿꼿한 자세로 앉아
있는 감민정을 보았으나 가타부타 아무 말 없이 반옥정을 치
료하기 시작했다.

반 시진여 동안 반옥정의 온몸에 새로 만든 약을 바르고 또
그녀의 입을 벌려서 약을 먹인 그는 침울한 얼굴로 그녀를 굽
어보며 중얼거렸다.

"웬만하면 살리겠지만 자신이 없네."

화용군은 움찔했다. 무량선인이 자신이 없다고 말하면 반옥정이 소생할 가망이 없다는 뜻이다.

"어느 정도요."

"소생할 가능성은 채 일 할도 안 되네."

의원으로서 더구나 무량선인 같은 당대의 의원이 이런 말을 하는 것은 죽기보다도 어려울 터이다. 그는 뺨을 씰룩이면서 어렵사리 그 말을 하고는 화용군의 어깨를 두드리고 일어서려 했다.

"천보라면 어떻소?"

화용군이 불쑥 말하자 무량선인은 움찔 놀랐다.

"의선이신 삼선공주 말인가?"

"그렇소. 그녀라면 옥정을 살릴 수 있겠소?"

"물론이네."

무량선인은 크게 고개를 끄떡였다.

"사부님이라면 살리고도 남네."

화용군은 뜻밖이라는 표정을 지었다.

"천보가 사부요?"

"그렇다네. 북경 동명왕부에서 그분에게 삼 년 동안 수학했었네."

무량선인 같은 인물을 제자로 키웠다니, 화용군은 다시 한번 천보의 훌륭함에 감탄을 금치 못했다.

"그렇다면 옥정을 천보에게 데려가겠소."

무량선인은 해연히 놀랐다.

"자네, 사부님을 아는가?"

화용군이 묵직하게 고개를 끄떡이는 걸 보고 무량선인은 근심 어린 표정을 지었다.

"사부님께선 절해고도에 유배를 당하셨다고 들었네."

"그녀에게 가려던 중에 옥정이 여기에 있다는 말을 듣고 온 것이오."

무량선인은 너무 놀라서 상체를 흔들다가 쓰고 있던 사모(紗帽:갓)가 뒤로 벗겨졌다.

"사부님께 가다니, 설마 자네……."

"동명왕 일가를 구해 올 생각이오."

"오오……."

무량선인은 감격한 표정으로 화용군의 손을 잡고는 말을 잇지 못했다.

"천보공주에게 가는 데 닷새쯤 걸릴 것이오. 그동안 옥정이 무사하겠소?"

"음, 내가 조치를 취해두겠네."

언제나 웃는 얼굴로 벙글거리던 무량선인이지만 지금은 눈물을 글썽거리며 화용군에게 당부했다.

"부탁하네. 꼭 사부님을 구해내게. 그럼 자네를 죽을 때까지 은인으로 여기겠네."

*　　　*　　　*

촤아아—

겉보기에는 상선(商船) 같은 용군단 총단선이 거친 물살을 헤치면서 바다로 나섰다.

이 배에는 화용군과 반옥정, 감민정을 비롯하여 호랑과 적 단호, 그리고 백여 명의 동명고수가 탔다.

총단선은 워낙 거대해서 정원이 삼백 명이지만 현재 선부 와 숙수, 하녀들까지 포함하여 백오십여 명이 타고 있다.

무량선인이 어떤 조치를 취했는지 모르지만 반옥정은 죽 은 듯이 누워 있다.

반면에 적단호는 상태가 호전되어 이제는 조금씩 걸어 다 니기도 했다.

총단선은 상선으로 위장을 했기 때문에 겉보기에는 수상 한 점이 전혀 없다.

또한 갑판 아래에는 무려 백여 개의 선실이 있는데 그중 삼 십 개는 격벽(隔壁) 안에 감춰져 있다.

즉 이중의 선실이라서 밖에서는 전혀 알 수가 없다. 동명고 수들은 선부나 장사꾼 복장으로 변장하고 있는데, 위급 시에는 격벽 안의 선실에 숨어버리면 감쪽같다. 하지만 아직까지 그럴 일은 없었다.

　보름달이 휘영청 떠 있는 밤에도 총단선은 멈추지 않고 계속 항해를 하고 있다.

　제남을 출발한 지 사흘. 이제 이틀을 더 가야지만 고산도에 도착한다.

　지난번 총단선하고는 달리 이번 총단선에는 갑판에 네 채의 전각이 일렬로 있으며 모두 연결되어 있다.

　맨 앞쪽의 전각 삼 층에 화용군과 호랑, 적단호가 탁자에 둘러앉아 술을 마시며 대화를 하고 있다.

　감민정은 화용군에게서 세 걸음 떨어진 곳 벽 앞에 놓인 의자에 꼿꼿한 자세로 앉아 있다.

　그녀가 무릎을 꿇고 있는 모습이 다른 사람들에게 이상하게 보이기 때문에 화용군이 삼가라고 해서 출항 이후부터 의자에 앉아 있는 것이다.

　호랑과 적단호는 처음에는 감민정을 이상하게 여겼으나 그녀가 하는 행동이 영락없는 여종의 그것이라서 차츰 익숙해졌다.

　사람이란 환경과 습관에 지배되는 경향이 큰 탓에 화용군 자신도 이제는 감민정을 장차 책임지지 않아도 되는 향락적인 여종쯤으로 여기게 되었다.

말하자면 남자가 기루에 가서 술을 마시고 기녀와 잤다고 해서 죄책감을 느끼지 않는 그런 기분이다.

그렇다고 해서 그가 감민정에게 욕정을 느낀다든지 자발적으로 그녀를 범한 경우는 없었다.

술에 만취해서 인사불성 상태에서 그녀에게 당했던 단 두 번 그게 전부였다.

호랑이 쉬지 않고 연거푸 술을 마시면서 화용군에게 따지듯이 물었다.

"그래서 전하를 비롯한 일가분들께서 머무실 곳이 마련됐다는 거야?"

"모두 몇 분이냐?"

"열두 분이다."

화용군은 선선히 고개를 끄떡였다.

"몇 군데 물색해 놓은 곳이 있다."

호랑은 술을 물처럼 마셨다. 그녀는 원래 술을 밥보다 더 좋아하는데 동명왕부가 해체된 이후 술을 한 모금도 입에 대본 적이 없었다.

호랑은 따지듯이 요구했다.

"동명왕 전하 일가만이 아니라 우리 동명고수들이 그분들을 호위해야 하니까 은신하는 장소가 커야 한다. 최소한 웬만

한 장원쯤은 돼야 할 게야."

"알겠다."

호랑은 화용군의 대답이 워낙 시원시원해서 불신이 생기는 모양이다.

"확실한 거야?"

화용군은 호랑이 사납고 험악한 남자보다 더 거칠지만 실상은 의리가 깊고 호두처럼 단단하게 감춰진 속마음은 여리다는 것을 잘 알고 있기에 빙그레 미소 지었다.

"확실하다."

"만에 하나 내 마음에 들지 않는 게 있으면 용군 네놈을 가만두지 않을 테니까 알아서 해라."

"좌대주님, 용군을 믿지 못하는 겁니까?"

"넌 아가리 닥치고 술이나 마셔라."

적단호가 한마디 하자 호랑은 잡아먹을 듯이 그에게 호통을 쳤다.

이틀 후 밤에 총단선은 마침내 고산도에 도착했다.

총단선은 섬 동북쪽 삼백여 장 되는 곳에 정박하고 정원 이십 명의 중활선(中活船) 세 척을 내려 섬 북쪽 해안으로 다가갔다.

화용군과 호랑을 비롯한 동명고수 삼십여 명은 중활선 세

척에 나누어 타고 섬으로 접근했다.

이윽고 바닷물이 얕아지자 그들은 배에서 뛰어내려 배를 백사장으로 끌어 올린 후에 일제히 날렵하게 숲 속으로 뛰어 들었다.

캄캄한 숲 속에서 멈춘 호랑이 두 손을 모아 입에 대고 미리 정해놓은 신호인 부엉이 울음소리를 냈다.

부엉… 부엉…….

마치 진짜 부엉이가 울듯이 고즈넉한 울음소리가 잔잔하게 퍼져 나갔다.

호랑과 그 옆의 화용군 등 모두들 긴장한 표정으로 잔뜩 귀를 기울이면서 주위를 둘러보는데 숲에서는 아무 소리도 들리지 않았다.

호랑의 얼굴에 초조한 기색이 역력하게 떠올랐다. 저쪽에서 부엉이 울음소리로 화답을 해야 하는데 그러지 않는다는 것은 고산도 산속에 은둔해 있는 우대주를 비롯한 동명고수들이 모두 전멸했다는 뜻이다.

고산도 동북쪽에 위치한 높이 오십여 장의 야트막한 야산은 둘레가 기껏해야 오 리쯤으로 그다지 크지 않아서 부엉이 울음소리를 듣지 못했을 리가 없다.

만약 우대주 공손태 일행에게서 계속 화답이 없다면 그들은 전멸한 것이니 힘들여서 찾을 필요가 없다.

그보다는 동명왕 일가의 안위가 더 걱정이니 그곳으로 가
봐야 한다.

호랑은 극도로 초조한 마음을 억누르고 다시 한 번 두 손을
모아 입에 대고 부엉이 울음소리를 냈다.

"푸우우… 푸우……."

그런데 초조함 때문에 속이 바싹 타서인지 마음만 급하고
부엉이 울음소리가 제대로 나지 않아서 옆에 있던 수하가 대
신 했다.

부우엉… 부우엉…….

그의 부엉이 울음소리는 조금 위험하다 싶을 정도로 우렁
차게 멀리 퍼져 나갔다.

화용군과 호랑을 비롯한 삼십이 명은 호흡을 멈춘 채 귀를
기울였다.

그러나 한 식경 이상을 기다렸지만 여전히 화답 소리는 들
려오지 않았다. 아무래도 우대주 공손태 일행은 전멸한 것이
틀림없는 것 같다.

그들을 전멸시킨 것이 남천고수나 혈명살수가 아니기를
바랄 뿐이다.

만약 남천고수나 혈명살수가 다섯 번째 습격을 감행했다
면 공손태 일행만이 아니라 동명왕 일가까지 모조리 죽였을
것이기 때문이다.

'치잇!'

호랑은 보기 싫게 뺨을 씰룩이면서 몸을 돌렸다. 이쯤에서 이쪽은 포기하고 북쪽 해안가의 동명왕 일가에게 가려는 것이다.

부… 우… 엉…….

그런데 그때 어둠 저편에서 무슨 소리가 들렸다.

"아……."

누구의 입에선가 나직한 탄성이 새어 나왔다.

부엉… 부우… 엉…….

끊어질 듯 말 듯 흐릿하지만 부엉이 울음소리가 분명했다.

"저쪽입니다."

동명고수 한 명이 산 남쪽을 가리켰다.

"가자."

말과 함께 호랑은 이미 산 남쪽을 향해 나는 듯이 쏘아가고 있었다.

화용군과 호랑 등은 야산의 계곡 입구에서 멈추었다. 조그만 산이라서 계곡이라 할 것도 없다.

바닥에는 불과 두 걸음에 건널 수 있는 좁은 시냇물이 졸졸 흐르고, 양쪽 돌바닥 여기저기에 거무스름한 물체들이 흩어져 있다.

그런데 물체들은 동명고수들이다. 한눈에 봐도 얼마나 굶 주렸는지 피골상접한 몰골에 움직일 기력조차 없어서 아무 곳에나 픽픽 쓰러져 있는 모습들이다.

호랑이 계곡 안으로 뛰어들며 나직이 외쳤다.

"뭣들 하느냐? 어서 한 명씩 맡아라."

그녀는 누굴 찾는 듯 이리 뛰고 저리 뛰면서 신경질적으로 외쳤다.

"우대주, 어디 있어요?"

그녀는 아무 동명고수나 붙잡고 들여다보다가 놓고는 또 다른 동명고수를 붙잡고 살펴봤으나 다들 강시처럼 깡말라서 비슷비슷한 모습들이었다.

"좌대주, 여깁니다."

그때 동료들을 살피는 동명고수 중 한 명이 어느 쓰러져 있 는 한 사람 옆에서 호랑에게 손짓을 했다.

휙!

호랑이 재빨리 달려가서 그 옆에 쪼그리고 앉아 살펴보니 까 청의 단삼을 입은 것이나 턱에 오그라든 반 뼘의 수염을 기른 모습은 우대주 공손태가 분명한데 생긴 것이 영판 강시 라서 조금 전에 보고서도 모르고 지나쳤었다. 호랑의 얼굴이 보기 싫게 일그러졌다.

"이런 빌어먹을……."

호랑은 공손태 옆에 바싹 붙어 앉아서 그의 손목을 잡고 부드러운 진기를 주입하기 시작했다.

　화용군은 시냇물가에 혼자 우두커니 서 있고, 호랑과 동명 고수들은 아사 직전에 놓인 동료들에게 진기를 주입하느라 한동안 고요한 침묵이 흘렀다.

　공손태를 비롯하여 열다섯 명은 한 달 가까이 칡뿌리나 풀뿌리, 나무껍질에 맹물만 마시면서 연명했으니 전원 아사하지 않은 것이 천행이다.

　그래도 전체가 다 무사할 수는 없어서 열다섯 명 중에 세 명이 굶어 죽었다.

　화용군과 호랑 등이 도착했을 때에는 그 세 명은 이미 숨을 거둔 후였다.

　화용군과 호랑 등은 일단 공손태를 비롯한 아사 직전의 동명고수들과 이미 죽은 세 명까지 중활선에 태워서 총단선으로 옮겼다.

제51장

———

거보(巨步)

고산도 북쪽 바닷가는 험준한데다 바위와 자갈투성이라서 사람이 살만한 곳이 못 된다.

고산도에 사는 어민들이 이쪽에는 얼씬도 하지 않는 것을 보면 이곳이 어떤지 대충 짐작할 수 있다.

그곳 갯바위가 험준하고 파도가 거센 절벽 위쪽에 세 채의 초옥(草屋)이 있다.

커다랗고 높은 거대한 바위 앞에 나란히 지어진 세 채의 초옥 둘레에는 일 장 높이의 목책(木柵)이 빼곡하게 담으로 둘러쳐져 있으며, 바다 쪽으로 난 나무문은 굳게 닫혀 있어서 마치 감옥처럼 보였다.

그리고 초옥의 왼쪽 오 장 거리에 통나무로 지은 큰 규모의 집 여러 채가 있다.

초옥은 동명왕 일가가 머무는 곳이고 통나무집은 군사들이 기거하는 곳이다.

"하아……."

그런데 초옥의 마당에서 한숨 소리가 흘러나왔다.

널찍한 마당에는 평상이 하나 놓여 있는데 그곳에 평범한 옷차림의 천보가 홀로 앉아서 밤하늘의 휘영청 떠 있는 보름달을 올려다보고 있다.

그녀는 유배 생활을 하는 동안 다들 잠든 깊은 밤에 자주 마당에 나와서 시름에 잠기곤 했었다.

자신의 처지를 생각하면 너무도 기구해서 저절로 눈물이 흘러내렸다.

그녀가 알기로는 부친 동명왕은 대명제국의 황제가 되려는 마음이 추호도 없다.

그런데도 백부인 남천왕은 역모의 누명을 씌워서 부모님과 친척들에게 이런 생고생을 시키고 있으니, 아무리 생각해도 권력이라는 것이 그렇게 해서라도 차지하고 싶은 것인지 천보로서는 이해할 수가 없다.

하녀도 없는 이런 오지에서 삼시세끼 거르지 않고 밥을 해

서 부모님을 봉양해야 하는 천보로서는 고생이 이만저만이
아니다.

산이나 숲에서 나무를 해 오는 것이나 불을 피우는 것, 하
다 못해서 갯바위에 나가서 요리를 할 만한 것들을 잡는 따위
의 모든 일을 천보를 비롯한 이곳의 모든 사람이 다 손수 해
야만 한다.

그렇지만 천보는 자신이 고생을 하는 것보다 부모님이 고
생하는 모습을 보는 것이 정말 견딜 수가 없다.

황가에서 태어나지 않았더라면 이런 고생은 하지 않아도
좋았을 것이다.

"하아……."

천보의 입에서 또다시 나직한 한숨이 새어 나왔다.

그러다가 문득 한 사람의 모습이 떠올랐다. 예전에도 이따
금 그 사람이 생각났었지만, 유배를 오고 난 후부터는 하루에
도 몇 번이나 그 사람이 불쑥 불쑥 떠오르곤 했다. 정말 이상
한 일이다.

그런데 머릿속이나 망막에 생생히 떠오르는 그 사람은 언
제나 벌거벗은 모습이다.

뿐만 아니라 엎드려서 궁둥이를 높이 쳐든 고양이 자세라
든지, 벌거벗은 채 치료를 할 때의 모습이기도 하고, 그 사람
의 신체에 대해서 알아보기 위해서 온몸을 더듬었을 때의 모

습이기도 했다.

그 사람은 다름 아닌 화용군이다. 어째서 자꾸만 그 사람의 모습만 떠오르는 것인지 천보로서도 모를 일이다.

그렇지만 매일 화용군 모습이 눈앞에 삼삼하게 떠오를 때마다 이곳에서의 팍팍한 생활이 조금쯤 위로가 되는 것은 분명한 사실이다.

지금 또 화용군의 모습이 떠올랐다. 그런데 이번 모습은 전과 다르다.

그는 언제나 전라의 모습이어서 천보를 놀라게 했었는데 지금은 말끔하게 옷을 차려입은 모습이다.

더구나 현실처럼 또렷하고 생생한 모습으로 그녀의 다섯 걸음쯤 앞에 우뚝 서서 빙그레 엷은 미소를 짓고 있으며, 달빛을 받아 몽환적으로 보였다.

천보는 눈앞의 화용군의 환영을 보면서 호로록 한숨을 내쉬며 중얼거렸다.

"하아아… 내가 당신을 사랑하게 될 줄은 정말 몰랐어요."

그런데 눈앞의 화용군 환영이 뜻밖이라는 듯한 표정을 지으며 그녀에게 물었다.

"그게 정말이오?"

천보는 눈앞의 화용군이 실제의 모습일 것이라고는 추호도 생각하지 않았다. 이런 외딴 곳에 그가 나타날 리가 없기 때문이다.

자신의 시름이 깊을 때마다 나타나는 화용군의 환영이겠거니, 그렇게만 생각했다.

"하루 종일 당신 생각이 머리에서 떠나지 않고 또 당신을 생각하면 위로가 되는 걸 보면 그게 사랑이 아니고 대체 뭐겠어요?"

그때 화용군이 천천히 천보에게 다가오면서 빙그레 미소를 지었다.

"나는 한낱 무인인데 사랑할 가치가 있겠소?"

"당신은 당신 자신의 진정한 가치를 몰라서 그래요. 준수함은 천하에 견줄 사내가 없을 것이고, 비범함은 타의 추종을 불허해요. 오히려 소녀가 부족하지요."

슥—

"그렇지 않소."

천보 앞에 멈춘 화용군은 손을 뻗어 그녀의 뺨을 부드럽게 어루만졌다.

"아……."

천보는 깜짝 놀라 그 자리에 얼음이 된 듯 굳었다. 원래 큰 두 눈은 더욱 커져서 동그래졌고 반쯤 벌어진 입술 사이로 탄성이 새어 나왔다.

"화 상공 당신인가요……?"

"그럼 누군 줄 알았소?"

"소녀는 당신의 환영인 줄 알았어요……."

"환영이 아니오. 만져보시오."

슥—

천보는 이끌리듯이 일어나 손을 올려 화용군의 뺨을 만져보고는 꿈을 꾸는 듯한 표정을 지었다.

"정말 당신이군요……."

화용군은 천보를 다시 만나고 또 그녀의 독백 같은 고백을 듣는 순간 크게 놀랐었다.

그러나 다음 순간 그도 그녀를 마음 깊은 곳으로부터 사랑하고 있었다는 사실을 깨닫고는 더 놀랐다.

천보를 사랑하고 있었다니 그럴 리가 없다. 그는 다시 한 번 확인하고 싶어졌다.

"나를 사랑한다는 말 정말이오?"

한 뼘도 안 되는 코앞에서 그것도 그녀가 손으로 그의 뺨을 어루만지고 있는 상황에 불쑥 물으니까 그녀는 그대로 얼음처럼 굳어버리며 얼굴이 빨개졌다.

"네……."

그녀는 고개를 푹 숙이고 조그만 소리로 대답하고는 고개를 들어 그를 바라보았다.

"화 상공 당신은… 읍……."

그녀가 말을 하는데 화용군의 두툼한 입술이 그녀의 입술을 덮어버렸다.

그녀는 눈이 화등잔처럼 동그랗게 커져서 두 손으로 화용군의 가슴을 떠밀었다.

화용군은 그녀의 고백을 듣고 또 천하절색인 그녀를 직접 눈앞에서 보게 되자 갑자기 그녀에 대한 사랑이 파도처럼 일어나서 견딜 수가 없게 되었다.

그의 이러한 감정은 난생처음이다. 한련에게도 느껴보지 못했던 감정이다.

그는 천보의 나긋나긋한 허리를 안고 다른 손으로는 뺨을 어루만지면서 부드럽게 아주 부드럽게 그녀의 혀를 빨아들여 자신의 입안에서 마음껏 희롱했다.

"음……."

그의 가슴을 떠밀던 천보의 두 손이 멈추고 놀라움으로 커졌던 눈이 사르르 감겼다.

화용군을 치료할 당시에는 그것이 사랑인 줄 몰랐다가, 유배를 당하여 험난한 생활을 하는 도중에 그를 사랑한다는 사실을 깨닫게 된 그녀다.

그런데 그가 현실에 나타나서 태어나서 최초의 입맞춤을 하자 그녀는 온몸이 녹아버리는 것 같은 느낌을 받았다.

그가 더욱 깊게 혀를 빨아들이고 허리를 안았던 손으로 둔부를 어루만지는 것이 느껴졌다.

우지끈!

그런데 그때 벼락 치는 소리와 함께 굳게 닫혀 있던 나무문이 박살 났다.

그런데도 천보는 전혀 놀라지 않았으며 제발 지금 이 시간이 이대로 멈춰 버렸으면 좋겠다고 생각했다.

문을 부수고 안으로 쏟아져 들어오던 호랑과 감민정, 동명고수들은 마당에서 벌어지고 있는 광경을 발견하고는 대경실색해서 그 자리에 굳어버렸다.

호랑은 눈을 화등잔처럼 크게 뜨고 화용군과 천보의 입에 시선이 고정됐다.

그러더니 다음에는 천보의 둔부를 어루만지고 있는 화용군의 손으로 시선이 옮겨졌다.

"저놈이 감히!"

그녀의 입에서 분노의 일성이 저절로 터져 나왔다.

이윽고 화용군은 천보의 혀를 놓아주었다.

"아⋯⋯."

천보는 눈을 반쯤 감은 채 화용군을 올려다보면서 손을 뻗어 그의 뺨을 어루만지며 속삭였다.

"사랑해요⋯⋯."

호랑 등은 설마 천보가 화용군에게 그런 말을 할 줄 전혀 예상하지 않았다가 소스라치게 놀랐다.

'저 자식……'

호랑은 자신들이 이곳에 주둔하고 있는 군사들을 처치하는 동안 화용군을 먼저 천보에게 보냈었는데 이런 일이 벌어지고 있을 줄은 꿈에도 몰랐다.

"나도 사랑하오."

쪽!

그렇게 말하고 나서 화용군은 천보의 입에 소리 나게 입을 맞추고 한 걸음 물러났다.

호랑 이하 동명고수들이 천보를 향해 한쪽 무릎을 꿇으며 고개를 깊이 숙였다.

"공주 마마를 뵈옵니다!"

그들의 우렁찬 외침이 허공을 쩌렁쩌렁하게 울렸다.

"호랑……"

천보는 호랑을 보면서 눈물을 글썽였다.

"공주 마마, 속하가 불충하여 고생을 시켜드렸습니다. 죽여주십시오."

천보는 이마를 바닥에 대며 자책했다.

그때 소란스러움에 놀란 사람들이 세 채의 초옥에서 밖으로 쏟아져 나왔다.

쏴아아―

동명왕 일가와 공손태 등 동명고수들을 태운 총단선은 고산도를 출발하여 육지로 향했다.

화용군은 동명왕 일가 열두 명에게 총단선의 세 번째 전각을 사용하도록 했다.

세 번째 전각 삼 층의 선실 안에는 동명왕 부부와 화용군, 천보, 호랑 다섯 사람이 있다.

세 개의 푹신한 호피의에는 동명왕 부부와 천보가 앉았으며, 그 앞에 화용군과 호랑이 나란히 서 있는 모습이다.

동명왕 주유천(朱兪天)은 오랜 유배 생활에 수척해졌지만 타고난 중후함과 단아함은 역력하게 남아 있었다.

또한 왕비이자 천보의 모친 염여수(廉麗秀)는 사십 대 중반의 나이인데도 불구하고 삼십 대로 보여 천보하고는 자매지간으로 보일 정도다.

"나는 유배 생활을 하는 동안 많은 생각을 했네."

동명왕 주유천이 입을 열었다.

"지금까지 나는 내내 침묵으로 일관하면서 줄곧 조용히 살아왔었네."

그의 시선은 화용군에게 고정되었다.

"그러나 지금부터는 생각을 달리할 걸세."

그의 얼굴에는 단호함이 역력했다.

"남천왕이 꾸민 음모를 파헤쳐서 나의 결백을 만천하에 밝히고 그에게 응당한 죄과를 치르게 할 결심이야."

호랑은 주먹을 굳게 움켜쥐었다. 그녀는 지금까지 동명왕이 묵묵히 당하고만 있어서 그것이 못내 답답했었다.

"육지에 당도하면 나도 바삐 움직여서 나를 도울 지사들이 있는지 알아봐야겠네."

"지사라고 하시면……."

화용군이 조심스럽게 입을 열었다.

주유천은 엷은 미소를 지었다.

"우선은 자금줄이겠지. 예전에 내가 도움을 주었던 부호가 몇 명 있으니까 그들에게 도움을 청하면 모르긴 해도 받아줄 걸세."

"전하, 그건 어려울 것 같습니다."

호랑이 조심스럽게 아뢰었다.

"속하들이 이미 알아볼 만한 부호에게 다 연락을 취해봤습니다. 그러나 결과는 회의적이었습니다. 그중 제남부호 양가는 속하들을 배신하여 남천문을 끌어들여 함정을 팠었습니다. 이 친구가 아니었으면 속하들은 필경 떼죽음을 당했을 것입니다."

호랑이 말끝에 화용군을 가리켰다.

"그런가?"

주유천은 화용군에게 가볍게 고개를 숙여 보였다.

"고맙네."

그는 제남부호 양가가 배신을 했다는 사실에 낙담하기보다는 화용군이 호랑 등을 구해주었다는 사실에 감사부터 할 줄 아는 예의 바른 인물이다.

"황공합니다."

화용군은 허리를 굽혔다가 천보를 한 번 쳐다보고 나서 공손히 말했다.

"저는 황궁의 법도에 대해서 전혀 모릅니다만 이런 말씀을 올려도 실례가 아닌지 모르겠습니다."

천보는 화용군이라는 인물에 대해서 잘 알고 있기에 그가 실례를 할 것이라고는 생각하지 않았다.

설혹 그런 일이 있더라도 몰라서 그런 것이니 별일이 아닐 터이다.

"화 상공께서는 하시고 싶은 말씀을 아버님께 기탄없이 하도록 하세요."

"알겠습니다."

화용군은 고개를 끄떡이고 나서 주유천에게 단도직입적으로 자신의 뜻을 밝혔다.

"전하께서 거사를 행하시는 데 어느 정도의 자금이 드는지는 모르겠지만 그것을 제가 감당하면 어떻겠습니까?"

그는 차분한 얼굴로 말했지만 듣는 사람은 절대로 차분하지 못했다.

호랑이 와락 인상을 쓰며 윽박질렀다.

"너 돈이 얼마나 드는지 알고서 그런 말을 하는 것이냐?"

주유천이 손을 저어 호랑을 제지하고는 화용군을 보며 빙그레 미소를 지었다.

"이번에 자네에게 큰 빚을 졌네. 그것으로 충분하네."

주유천 등은 아마도 화용군이 돈이 있으면 얼마나 있겠는가 하는 마음일 것이다.

"현재 전하께서는 자금과 세력 두 가지가 필요하실 텐데 어쩌면 두 가지 다 제가 감당할 수 있을 것 같습니다."

"허허……."

화용군이 그렇게까지 말을 해도 주유천은 그의 뜻만을 가상하게 받아들이겠다는 표정이다.

그가 아직 이십 세 남짓의 청년인데 돈이 있어봐야 은자 몇만 냥을 갖고 저럴 것이다, 라고 생각했기 때문이다.

그래서 화용군은 아주 툭 까놓고 말했다.

"우선 매월 은자 백만 냥씩 지원해 드리겠습니다."

순간 모두의 표정이 달라졌다.

"백만 냥이라는 말인가?"

"그렇습니다."

화용군은 용군단의 규모와 전체 수입에 대해서는 아무것도 모르고 있다.

그렇지만 자신의 역량으로 매월 은자 백만 냥 정도는 지원할 수 있을 것이라 조심스럽게 계산해 보았다.

"참말인가?"

주유천으로서는 그렇게 확인하지 않을 수가 없다. 예전에 동명왕부가 제대로 무리 없이 돌아가려면 매월 은자 십만 냥이 필요했었다.

그런데 그 열 배인 은자 백만 냥씩을 화용군이 매월 지원하겠다는 것이다.

그 정도 금액이면 어떻게든 해볼 수 있을 터이다. 하지만 화용군의 말이 사실이어야 하고 일단 일을 시작하면 자금이 끊어지지 말고 계속 투입돼야만 한다.

"자신 있나?"

"자신 있습니다."

그가 힘 있게 대답하자 비로소 주유천은 크게 안도하는 표정이다.

천보는 호피의에 앉아 있는 상태로 구름 위를 훨훨 날아다니는 기분이다.

유배 생활 동안 거의 매일 화용군의 모습을 그리면서 자신이 그를 사랑하고 있다는 사실을 깨달았었다.

하지만 그것이 현실에서는 절대로 이루어지지 않을 것이라는 절망에 빠져 있었다.

기적이 일어나지 않는 한 자신은 죽을 때까지 섬에서 유배 생활을 해야만 할 것이기 때문이다.

그런데 꿈에서나 만나고 그리워했던 화용군이 실제 현실에서 나타나 그녀를 구하더니 이제는 부친까지 도우려하고 있으니 그녀로선 지금 당장 죽어도 여한이 없을 듯했다.

"세력에 대해서는 추후 말씀드리겠습니다."

"허어……"

화용군의 말에 주유천 역시 이게 꿈인지 생시인지 믿어지지 않는 표정을 지었다.

화용군이 천보, 호랑과 함께 밖으로 나오자 문 밖에 무릎을 꿇고 있던 감민정이 발딱 일어서며 허리를 굽혔다.

"피곤하오?"

화용군은 천보와 나란히 낭하를 걸으면서 물었다.

"지금 심정 같아서는 죽을 때까지 잠을 자지 않아도 될 것 같아요."

천보는 행복에 겨운 표정으로 화용군을 바라보며 환하게 웃었다.

"그럼 잠시 봐줄 사람이 있소."

화용군은 천보를 데리고 반옥정에게 갔다.

과연 천보다.

무량선인이 도저히 자신이 없다고 고개를 절레절레 저었던 반옥정이건만, 그녀가 한 시진 정도 치료를 하고 나자 믿을 수 없게도 반옥정이 깊은 혼절에서 깨어났다.

"하아……."

반옥정은 누운 채 긴 한숨을 내쉬다가 화용군을 발견하고 크게 놀랐다.

"주군……."

"옥정아."

"주군을 다시 뵙다니……."

반옥정은 일어나려고 애를 썼으나 고개조차 까딱거리지 못했다.

"움직이지 마라. 이제 다 괜찮아질 거다."

화용군이 뺨을 쓰다듬자 반옥정은 감격하여 눈물을 주르르 흘렸다.

화용군 옆에 앉아 있는 천보가 반옥정을 보면서 부드럽게 미소 지었다.

"며칠 내로 걸어 다닐 수 있을 거예요."

그녀는 화용군을 보며 낮게 웃었다.

"호호! 예전에 당신이 사경을 헤맸던 것에 비하면 이 낭자
는 아무것도 아니에요."

"그렇소?"

반옥정이 눈으로만 천보를 쳐다보며 의아한 표정을 짓는
것을 보고 화용군이 그녀를 소개했다.

"너를 살리신 분이다. 천보공주님이셔."

"아… 삼선공주……."

세상에는 천보공주보다 의선, 약선, 학선의 삼선인 삼선공
주가 더 많이 알려져 있다.

화용군은 천보를 그녀의 거처까지 바래다주고 다시 반옥
정이 누워 있는 방으로 돌아왔다.

반옥정은 눈을 감고 있다가 화용군이 들어오는 소리에 눈
을 뜨고 그를 바라보았다.

화용군은 침상 가에 앉아서 이불 속에서 반옥정의 손을 꺼
내 손목을 잡고 진기를 주입시키기 시작했다.

"계속 이랬어요?"

"그래."

반옥정의 물음에 화용군은 벙긋 미소를 지었다.

"너 죽는 줄 알고 속이 새카맣게 탔었다."

"죄송합니다."

반옥정은 뜨거운 것이 울컥 치밀어 눈시울을 붉혔다.

화용군의 과묵한 성격을 잘 알고 있는 그녀는 그가 이 정도로 말할 때에는 어떤 심정이었을지 짐작하고도 남았다.

감민정이 화용군 뒤에 무릎을 꿇고 있지만 반옥정은 보지 못했다.

"어찌 된 일이냐?"

화용군은 궁금했던 것을 물었다.

반옥정의 두 눈에 원한이 일렁거렸다.

"감태정이었습니다. 그놈과 몇 놈의 남천고수가 속하를 끈질기게 추격하면서 계속해서 상처를 입혔습니다."

"감태정 이놈……."

화용군은 이를 부드득 갈았다.

"감태정은 어찌 됐느냐?"

"태산 깊은 산중에서 놈들을 겨우 따돌리고 속하 혼자 무량원으로 갔었던 겁니다."

"그랬었구나."

화용군으로선 감태정이야 어찌 됐든 반옥정이 무사히 돌아온 것이 기꺼울 뿐이다.

"아……."

그때 반옥정이 갑자기 미간을 찌푸렸다.

"오줌 나오려는 게냐?"

"네……."

화용군은 침상 옆 탁자에 쌓여 있는 두툼한 헝겊을 가져다가 이불을 들추고 반옥정의 다리를 벌린 후 사타구니 아래에 깔아주었다.

"됐다. 일 봐라."

반옥정의 눈동자가 흔들리다가 화용군하고 시선이 마주치더니 어색한 미소를 지었다. 그러고는 가늘게 부르르 몸을 떨었다.

"주군이 계속 절 돌봤나요?"

"그럼 누가 하겠냐?"

"저 알몸이에요?"

"당연하지."

"어휴……."

반옥정은 어이없는 표정을 지었다.

이 두 사람의 주종은 걸핏하면 서로의 알몸을 보는 것으로도 모자라서 목욕을 시켜주는가 하면 똥오줌을 받아주기까지도 했었다.

화용군은 그녀의 사타구니에 깔았던 젖은 헝겊을 꺼내 잘 접어 바닥에 내려놓고 깨끗하고 보송보송한 천으로 그녀의 사타구니를 잘 닦아주었다.

슥—

"이제 나도 좀 눈을 붙여야겠다."

그가 일어서자 감민정도 따라서 일어났으며, 눈으로 그를 좇던 반옥정이 비로소 감민정을 발견했다.

"누굽니까?"

화용군은 대수롭지 않게 툭 내뱉었다.

"감태정의 외손녀다."

"이 죽일 년……."

순간 고개조차 들지 못했던 반옥정이 상체를 벌떡 일으키며 감민정을 향해 손을 뻗었다.

"으윽……."

그러나 그녀는 곧 신음을 터뜨리며 그대로 누워 버렸다.

그러고는 악에 받쳐서 소리쳤다.

"주군! 어째서 저년을 죽이지 않고 곁에 두고 계시는 겁니까?"

화용군은 착잡한 표정을 지었다.

"그럴 일이 있다."

차마 반옥정에게 자신과 감민정의 모호하고 음탕한 관계에 대해서는 말하지 못했다.

다음 날 저녁에 두 번째 전각, 즉 화용군의 거처 이 층의 넓은 선실에서 성대한 연회가 벌어졌다.

그 자리에는 화용군과 천보, 호랑과 동명왕 부부를 비롯하여 동명왕 일가 열두 명이 모두 참석했다.

일가라고 해봐야 모두 동명왕 주유천의 처가 쪽 사람들 일색이었다.

또한 아사 직전에 목숨을 건진 공손태의 상태가 하루 만에 좋아져서 그도 이 연회에 참석했다.

주흥이 무르익어 갈 즈음에 천보가 옆에 앉은 부모에게 공손하게 말했다.

"아버님, 어머님께 드릴 말씀이 있어요."

"무엇이냐? 말해보아라."

기분이 흡족한 주유천은 미소 지으며 고개를 끄떡였다.

천보는 주유천 전면 오른쪽에 혼자 앉아 있는 화용군을 가리키며 당돌하게 말했다.

"소녀 화 상공을 사랑하고 있어요."

"어?"

묵직한 주유천이고 후덕한 왕비 염여수지만 그녀의 말에는 놀라지 않을 수 없다.

화용군도 설마 천보가 이런 자리에서 그런 엄청난 선언을 할 줄은 예상하지 못했기에 적잖이 당황했다.

순수의 극한이며 선함의 정수라고 불리는 천보지만 뜻밖에도 사랑에 대해서만큼은 용감했다.

"우린 서로 사랑하고 있어요."

그녀의 용감함에 얼굴을 붉히는 사람은 오히려 화용군이다. 그는 좌불안석 어쩔 줄 몰랐다.

"하아……."

화용군이 쳐다보니까 주유천과 염여수 부부는 충격에서 벗어나려고, 그리고 이 일을 이해하려고 노력하는 기색이 역력하다.

그렇지만 낙담한다거나 나쁜 쪽으로 충격을 받은 표정은 아닌 게 분명했다.

주유천의 시선이 화용군에게 향했다. 그사이에 그는 침착함을 되찾았다.

"자네도 보아를 사랑하는가?"

"그렇습니다."

화용군은 길게 생각할 것도 없다는 듯 즉답했다. 그것이 천보와 주유천 부부를 기쁘게 했다.

사실 화용군은 여드레 전에 한련에게 사랑한다는 고백을 들었고 과거 그녀와 화용군이 정혼한 사이였다는 사실을 알게 되었었다. 그래서 한련을 자신의 반려자로서 기꺼이 받아들였다.

그런데 전혀 예상하지 못했던 천보라는 뜻밖의 복병이 출현한 것이다.

천상의 아름다움과 천하무쌍의 절색으로 무장한 천하제일 미의 도전적인 고백을 그는 뿌리치지 못했다.

영웅은 호색이니 뭐니 그런 게 아니다. 그는 결정적으로 여자에게는 마음이 여려서 거절이라는 것을 할 줄 모른다.

이윽고 주유천이 껄껄 웃으며 결론을 내렸다.

"허허헛! 그렇다면 두 사람을 혼인시키는 일만 남았군."

그날 연회에서 화용군은 대취했다.

취하면 감민정이 또다시 겁탈을 하겠지만 그런 것은 생각하지도 않았고 생각날 분위기도 아니었다.

피로연으로 시작된 연회였는데 화용군과 천보의 혼인을 미리 축하하는 연회가 돼버렸다.

동명왕 주유천 부부를 비롯한 일가 모두의 술잔을 한 잔씩만 받아도 열두 잔이다.

게다가 주태백이 호랑과 공손태가 화용군과 천보 옆에 딱 붙어 앉아서 끝없이 술을 권했다.

이후 그는 감민정에게 업혀서 자신의 방으로 돌아왔다는 사실마저도 모를 정도로 취해 버렸다.

"하아아… 학학… 천보가 그렇게 좋아요?"

화용군은 비몽사몽간에 그런 말을 듣고 혼곤한 얼굴로 눈을 떴다.

술을 마시면서 또 취해가면서 그는 감민정에 대한 생각을 추호도 하지 않았었는데 그 계집이 또다시 그의 몸 위에 올라와서 색정을 난무하고 있는 중이다.

그런데 감민정은 지난 두 번의 정사에서는 하지 않던 짓을 하고 있다.

화용군을 홀딱 벗겨놓고서 자신도 전라의 몸으로 그의 몸에 올라가서 미친 듯이 허리를 흔들면서 원망인지 저주인지 모를 말을 쏟아내고 있는 것이다.

"학학학… 무정루에서는 한련하고 혼인 약속을 하더니 여기에선 천보하고 혼인 약속을 하고……."

화용군은 눈이 자꾸 감기려는 것을 힘주어 떴다.

감민정이 두 손으로 그의 양 어깨를 잡고 몸을 흔들면서 울고 있는데 눈물이 그의 얼굴로 비 오듯이 떨어졌다.

'안 되겠다… 운공으로 취기를 몰아내야……'

화용군은 자신이 빨리 정신을 차려야 한다고 생각했으나 그것은 단지 생각일 뿐 행동으로 연결되지 않았다.

"으음… 죽여 버리겠다, 감민정… 이년……."

그냥 그렇게 중얼거리는 것이 전부였다.

"학학학… 날 죽인다고요? 보세요. 내가 주인님을 죽이고 있잖아요."

화용군에게 순결을 바치고 그로 인해서 성에 눈을 뜬 감민정은 지금 이 순간만은 자신이 화용군의 진정한 애인이라고 생각했다.

감민정이 정사를 끝냈을 때 화용군은 깊이 잠들어 있었다.

감민정은 화용군에게 옷을 입혀주고 나서 자신도 옷을 입고는 밖으로 나왔다.

선실 밖은 낭하이고 두 걸음 앞에는 난간. 그리고 그 아래는 갑판과 바다다.

감민정은 난간을 두 손으로 짚고 불어오는 차가운 바닷바람에 몸을 내맡기며 중얼거렸다.

"두고 봐. 언젠가는 주인님을 내 것으로 만들고 말겠어."

"그렇게 놔두지 않을 거다."

"……!"

그런데 뒤에서 조용한 목소리가 들리자 그녀는 놀ㅣ히 몸을 돌렸다.

거기에 벌거벗은 몸에 상의만을 걸친 반옥정이 두ㅣ 잡은 검을 머리 위로 치켜든 채 벌건 눈으로 그녀를ㅣ 있었다.

감민정은 순간적으로 반옥정이 왜 저러는지 알ㅈ

"왜……."

파아아—

감민정이 무슨 말을 하려는데 검이 허공을 비스듬히 가르며 그녀의 목을 스쳤다.

퉁…….

감민정의 머리가 난간 너머 갑판에 떨어졌고, 몸뚱이는 난간에 비스듬히 걸쳐졌다.

*   *   *

으스름 밤에 한 무리의 사람이 제남 대명호의 구주무관에 들어섰다.

화용군을 비롯한 천보와 동명왕 일가, 그리고 백십여 명의 동명고수다.

화용군을 뒤따라온 천보와 동명왕 부부, 호랑 등은 구주무관을 이리저리 둘러보았다.

"어떻습니까?"

화용군의 물음에 주유천은 흡족한 듯 고개를 끄떡였다.

"좋군."

"제남은 황실이나 관, 남천문의 손길이 전혀 미치지 않는
□다."

□런가?"

"그렇습니다."

화용군은 환한 표정을 지었다.

"이제부터 표면적으로는 전하께서 구주무관의 관주가 되시고, 공손 우대주와 호랑 좌대주는 사범, 그리고 동명고수들은 이곳의 생도가 되는 것입니다."

"호오… 그러다가 진짜 생도들이 찾아오면 어쩌누?"

"그럼 무술을 가르치면 되지요."

"그런가?"

천보가 환하게 미소 지었다.

"그렇게 되면 정말로 완벽한 위장이 될 것 같아요."

주유천은 크게 고개를 끄떡이고는 껄껄 웃었다.

"허허허헛! 기발하군! 정말 기발한 생각이야!"

『야차전기』 6권에 계속…